KB166709

여고생의
치마단

휴먼앤북스
뉴에이지 문학선 **9**

김민서 지음

1판 6쇄 발행 | 2011. 6. 7

발행처 | **Human & Books**
발행인 | 하응백
출판등록 | 2002년 6월 5일 제2002-113호
서울특별시 종로구 경운동 88 수운회관 1009호
기획 홍보부 | 02-6327-3535, 편집부 | 02-6327-3537, 팩시밀리 | 02-6327-5353
이메일 | hbooks@empal.com

값은 뒤표지에 있습니다.
ISBN 978-89-6078-082-8  03810

한국 문학에 위기가 찾아왔다고들 했다. 2000년대에 진입하면서 한국 소설은 방향성을 잃어버리고 비틀거리고 있다고들 했다. 혹자는 그것이 아니라 독서의 위기라고 말하기도 했다. 좋은 소설과 인문학 도서가 독자들에게 외면당하고 말초적인 외국 소설과 처세를 다루는 자기계발서가 베스트셀러에 포진하고 있는 사실을 두고 하는 말이다.

하지만 여전히 문단에서는 진지한 소설이 생산되고 있고, 기존 작가들의 노력 또한 눈물겹다. 새로운 문학을 꿈꾸는 젊은 작가들의 노력 또한 필사적이다. 작가와 독자 사이에서 그들을 매개해야 할 비평이나 출판과 같은 문학적 제도가 보수화되고 날이 갈수록 아카데미즘에 경도되면서, 한국 소설의 추동력은 그 날갯짓에 힘을 잃어버렸다. 그런 가운데 외국의 삼류소설이 소설이라는 간판을 내걸고, 또한 무신경하게 제작된 일회용 가판 소설에 준하는 소설 아닌 소설들이 소설이라는 이름으로 대중들의 눈을 현혹시키고 있다. 여기에 책을 책으로 보지 않고 단순하게 소비되는 상품으로 보는 출판사까지 가담하여 한국 소설 시장은 더욱더 혼란의 와중에서 좌충우돌하고 있다. 황사에다 안개까지 뒤덮인 형국이다.

21세기에 접어들면서 문학의 사회적 역할에 대한 채무가 줄어들고 대중들의 취향이 급변해가는 가운데, 잠재적 소설가들 혹은 새로운 젊은 작가들은 자신들의 문학의 별빛을 발견하지 못하고 이념의 푯대도 세우지 못한 채, 한 눈으로는 기성 문단의 눈치를 보고 다른 한 눈으로는 대중들에게 구애의 눈짓을 하면서, 문학의 강가에서 어슬렁거리고 있다.

이러한 현실인식 속에서, 휴먼앤북스는 한국 문학의 다양성과 잠재력을 제대로 펼칠 계기를 마련하기 위해 뉴에이지 문학선을 새롭게 세상에 내놓는다. 문학적 기초 소양을 가지면서도 소설의 다양한 모든 하위 장르를 아우를 휴먼앤북스 뉴에이지 문학선은, 작가들의 분방한 상상력으로 무장하여 대중들의 문학적 욕구를 소화하면서 한국 소설의 새로운 지평을 열 것이다.

문학은 모든 문화콘텐츠의 어머니이다. 그 문화콘텐츠의 방대한 영역에 뛰어들어 한국 문학의 다양성과 상상력의 한 걸음 도약을 위해 휴먼앤북스 뉴에이지 문학선은 최선의 노력을 기울일 것이다.

# 목차

치맛단 특수

여자들에게는 늘 '준비'가 중요하다.

'준비'는 '소비'와 직결되고, '소비'는 곧 '준비'다. 무슨 뜻이냐고?

우리 엄마는 올해 초 베트남으로 3박 4일의 짧은 여행을 다녀오셨다. 엄마는 여행을 떠나기 전 운동화와 가벼운 천 가방, 선글라스를 구입하셨다. 그것이 엄마식의 여행 준비다. 엄마는 굳이 새로 구입한 물건들을 캐리어에 넣으면서, 이제야 비로소 여행을 떠나는 것이 실감 난다고 말씀하셨다.

우리 언니는 대학교에 입학하면서 쌍꺼풀 수술을 성공리에 마쳤다. 그것이 스무 살을 맞았던 언니의 자체 성인식이었다. 언니는 미니홈피의 성형 전 사진들을 모조리 비공개

폴더로 돌렸다. 그 대신 겁 없게도 메인 화면에 재정비된 얼굴 사진을 공개하고, 그 아래 'New life'라는 문구를 박았다. 언니는 그렇게 스무 살을 출발했다.

나는 매 학년에 올라갈 때마다 새 다이어리와 펜과 노트를 구입했다. 늘 절반도 쓰지 못하고 행방불명되어 버렸지만 지치지도 않고 새해 초마다 팬시점을 들락거린다. 두 달 이상 쓰지 못할 거라는 걸 알면서도 굳이 한 시간이나 고민해 새 다이어리를 구입해야지만 새 출발하는 느낌이 들었다.

이렇게 무언가를 시작하기 위해선 반드시 소비가 필요하다. 특히나 여자들에겐 더더욱.

내가 고등학교에 입학했을 때 가장 먼저 돈을 쓴 곳은 새 다이어리도, 펜도, 가방도, 운동화도 아니었다. 바로 **교복**이었다.

물론 그 비싼 교복을 내 돈으로 샀을 리가 없다. 나는 엄마가 사준 교복을 들고 냅다 세탁소로 달려갔다. 2월 중순, 우리 동네의 유일한 세탁소는 예상대로 미어터졌다. 나는 십 분이나 줄을 서서 기다린 끝에 교복을 맡길 수 있었다. 세탁소집 아저씨에게 질문은 필요 없었다. 아저씨는 이미 모든 것을 다 안다는 얼굴로 내 교복에 내 이름이 적힌 종이를 붙인 후 옆에 쌓아두셨다. 발 빠른 여고생들의 리모델

링된 교복들이 옷걸이에 줄지어 걸려 있었다. 세탁소는 교복으로 점령당했고, 아저씨와 아줌마는 인기 최정상 그룹 멤버처럼 수많은 여고생들의 아우성을 묵묵히 견뎌냈다.

인터넷에 '교복 변천사'를 검색하면 수많은 자료가 뜬다. 내가 태어난 90년대엔 무조건 딱 달라붙는 스타일이 유행이었다고 한다. 엉덩이 라인이 요란하게 드러나는 디자인인데, 너무 양아치처럼 보여서 별로다. 교복 재킷은 몸에 딱 맞게 줄이고 캔버스를 구겨 신거나 앞코가 뾰족한 마녀 구두를 신고 다녔다. 남자애들은 바지폭을 최대한 줄이고 일수 가방을 옆구리에 끼고 다녔다. 그 언니들이 중고등학교에 다닐 때 난 초등학교에도 입학하지 않았지만, 그 시절에 깻잎 머리가 유행했던 건 사진으로 봐서 안다.

지금 대학교 4학년인 우리 언니가 고등학생일 땐 A라인이 유행했다. 이 라인은 유행을 타지 않는 스타일이라 지금도 몇몇 동네에서 유행한다. 언니가 고등학교 때 찍은 사진을 보면 짧은 앞머리를 하고 똥머리로 묶은 언니들이 일렬로 서 있다. 이때 유행은 지금과 별반 다를 게 없어 보이지만 솔직히 몇 년 전 사진이라 그런지 좀 촌스러워 보인다.

현재, 우리 동네에선 H라인이 대세다.

골반부터 딱 붙은 스커트는 일자 라인으로 무릎 위까지 떨어진다. 우리끼리는 '은행원 치마'라고도 부르는데, 왠지 어른스럽게 느껴져서 좋다. 이 라인을 만들기 위해서는 교복 치마의 주름을 모두 박아야 한다. 그러나 걸릴 위험이 크기 때문에 대부분의 여고생들은 밑단 주름만 라인을 잡아줄 정도로 박는다. 길이는 무릎 위가 진리고 재킷은 몸에 딱 맞게 입어야 예쁘다. 치마 위에는 예쁜 카디건이나 후드, 조끼를 입고 다닌다. 학교에서 공식적으로 윗도리를 사복으로 허용한 적은 없지만, 애들은 대부분 컬러풀한 겉옷을 여분으로 들고 다니고 그것에 대해선 선생님들도 크게 뭐라 하지 않는다. 선생님들이 최후로 포기하지 못하는 것은 치맛단이고, 우리가 최고로 집착하는 것도 치맛단이다. 그러니 전쟁이 계속될 수밖에 없다.

나는 고등학교 교복을 구입하자마자 재킷을 줄이고 치맛단을 박았다. 나뿐만 아니라 거의 모든 친구들이 약속이라도 한 듯 교복을 들고 세탁소로 달려갔다. '교복 줄이기'는 신입생들의 관례이자 우리만의 교칙이다. 인터넷 검색창에 '교복'을 치면 '교복 줄이는 법'이 자동검색어로 뜬다. 수많은 학생들이 라인을 살리는 비법을 찾는다는 증거다. 여학생들은 치맛단을 줄이고 남학생들은 바짓단을 줄인다. 걸릴 것을 알면서도 그 무모한 짓을 그만두질 못한다.

아빠는 고등학교에 입학한 내게 새 문제집을 사 주셨고, 엄마는 새 과외 선생님을 안겨 주셨다. 언니는 자기 학생시절에나 유행했을 브랜드의 가방을 선물했다. 모두가 내가 전혀 바라지 않았던 선물들을 안겨주며 마지막 학창시절을 예쁘게 준비하라고 격려했다.

그러나 나에겐 **교복 줄이기**가 고등학생 시절의 출발을 알리는 신호탄이자 준비였다. '완성된' 교복을 입고 전신거울 앞에 섰을 때, 그제야 나는 이상적인 교복을 입은 여고생과 인사할 수 있었다.

1년 전의 이야기다. 나는 이제 열여덟이고, 후배가 생겼다.

얼마 전 주름을 좀 더 타이트하게 박기 위해 세탁소를 찾았을 때, 작년의 나와 마찬가지로 교복을 줄이기 위해 줄을 서 있는 신입생들을 발견했다. 그녀들은 모두 펑퍼짐한 치마를 노려보고 있었다.

세탁소가 새 학년마다 '치맛단 특수'를 누려온 것은 하루 이틀의 역사가 아니다. 교복 트렌드는 쉴 새 없이 변화해 왔고, 변화는 **시대별 교복**이라는 역사를 만들어냈다. 그 역사 가운데 십 년이 흘러도 달라지지 않는 것이 있다면, 세탁소 주인들의 재봉 실력과 예뻐 보이고 싶은 우리들의 욕망뿐이다.

나는 예뻐 보이고 싶다. 가장 예쁜 모습으로 가장 예쁘고 찬란할 이 시절을 보내고 싶다. 우리가 원하는 것은 단지 그것뿐이다.

## 치맛단 경계령

대한민국의 평범한 고등학생이 바라는 것은 단 한 가지다. 그것은 서울대도, 친구들에게 자랑할 만한 185cm의 남자친구도, 하루만에 5kg이 빠지고 5cm가 자라는 기적 같은 일도 아니다.

단 하루만이라도 엄마의 간섭 없이 살아보는 것. 그것이 그렇게 큰 바람일까?

"엄마는 열두 살 때부터 널 알아봤어. 대한민국에서 너처럼 준비성 없는 애가 없어."

엄마는 부엌과 마루를 쉴 새 없이 뛰어다니며, 신의 속도로 블라우스를 다리고 빛의 속도로 국을 뜨고 혜성의 속도로 사과를 깎았다. 나는 '빠르게 감기' 모드로 움직이는 엄마의 놀라운 행동력을 보며 그저 멍하니 이만 닦았다. 엄마가 저렇게까지 움직일 필요는 없다. 블라우스야 재킷으로 가리면 되고 아침이야 안 먹으면 된다. 어제 끓여놓은 시래 깃국보다는 매점에서 파는 천 원짜리 비빔면이 훨씬 맛있으니까. 그러나 엄마는 내 위장의 간수다. 제때 밥이 들어가지 않으면 바로 곤봉을 들고 달려온다. 두려운 눈으로 엄마 손에 들린 밥주걱을 응시했다. 저기 묻은 밥풀이 일 분 후 내 볼로 옮겨 붙을지 모른다.

"어떻게 개학식 날 교복이 어디 있냐고 물어볼 수 있어? 거기다 지각이 말이 돼?"

"엄마도 안 깨워줬잖아!"

"열여덟 살이나 먹은 계집애를 아침마다 깨워줘야 돼? 핸드폰 알람시계는 폼이야?"

"아, 이미 지각한 걸 어떡해? 그냥 천천히 해."

"저년이 저걸 말이라고!"

엄마의 욕설이 시작될 때 가장 좋은 방법은 화장실로 들어가 문을 꼼꼼히 닫고 변기 물을 내리면서 동시에 세면대 수도꼭지를 트는 것이다. 그래도 엄마의 목소리가 들린다면, 그 엄마는 아마 전직 소프라노거나 축구부 코치였을 것이다. 우리 엄마는 평범한 가정주부다. 평범한 가정주부의 목소리는 이 정도의 방어막 앞에서 쉽게 무너진다. 나는 고요한 물소리 가운데 수도승처럼 눈을 감았다.

공식적으로 열여덟 살의 첫날을 맞이하는 개학날이다. 나는 늦잠을 잤고, 1교시를 완전히 건너뛰었다. 그래도 초조하지 않은 이유는 1교시라 해봤자 개학식 및 입학식으로 정신없을 것을 알기 때문이다. 지금쯤 애들은 대강당에 가부좌를 틀고 앉아 초등학교 때와 별반 달라진 것 없는 교장의 훈화를 듣고 있을 것이다. 1학년들에겐 지난해 우리 학교에서 스카이를 몇 명이나 갔는지 설명할 것이고 2학년들에겐 고3이 일 년도 채 남지 않았음을 상기시킬 것이다. 3학년들은…… 설명이 필요 없다. 그들은 학교의 상전인 동시에 종이다.

하여튼 그 소란스러운 와중에 누가 빠졌는지 일일이 체크할 정도로 쓸데없이 섬세한 선생은 없다. 그런데도 우리 엄마는 대종말을 앞둔 지구인처럼 저 난리를 떨고 있다. 엄마는 새 학기 첫날 지각한 학생은 담임이 일 년 내내 곱게 보지 않을 것이라 했고, 그것이 네 생활기록부에 엄청난 영향을 끼칠 것이라고 부정적으로 예측했다. 결석을 1급 범죄처럼 생각하던 시절은 지났다. 나는 엄마에게 수많은 영악한 학생들이 생활기록부에 지장 없을 정도의 지각과 결석을 밥 먹듯이 한다고 설명했지만, 엄마는 아직도 70년대 고등학교에 다니고 있었다.

"저 미친년! 이렇게 늦었는데 머리를 감고 있어!"

"떡진 머리로 어떻게 가?"

"엄마가 네 일평생 많은 거 바랐니? 미리미리! 제! 때! 제! 때! 제발 좀 전날 준비해놔! 그게 그렇게 어려운 일이야?"

성실한 유전자의 선택을 받지 못한 이들에겐 그것이 세상에서 가장 어렵고 불가능한 일이리는 걸 왜 모를까. 현대 과학은 얼굴과 체질, 심지어 손금까지 바꿀 수 있다지만 인간의 본성만큼은 바꾸지 못한다. 나는 이 불멸의 진리를 어린 나이에 깨우쳤다.

"단정하게 하나로 묶고 가. 선생님이 늦었다고 뭐라고 하시면 어제 체해서 새벽까지 응급실에 있다 온 거라고 해."

엄마는 고전적인 변명거리를 애써 창조하며 시래깃국에 말은 밥을 떠먹여 주었다. 가끔 내가 삼시 세끼 다 밥을 굶으면 엄마가 어떤 반응을 보일까 상상한다.

"아악!"

"깜짝이야! 뭐야, 뭐 잊었어?"

"비비크림 사는 거 깜빡 잊었어!"

그제야 비로소 나는 나의 '제때 불감증'을 저주했다. 나는 당장 부엌으로 달려가 커다란 가위를 들고 왔다.

"이 미친년!"

나는 국밥을 들고 어떻게든 한 입 더 떠먹이려는 엄마 앞에 쭈그려 앉아 비비크림 통을 가위로 잘랐다. 말랑말랑한 플라스틱은 금세 반으로 잘렸다. 케이스에 묻은 비비크림을 환한 얼굴로 바라보았다. 램프를 발견한 자파의 표정이 나와 같았을까.

"지금 이 와중에 화장을 하고 있어!"

"아, 비비크림 안 바르고 어떻게 학교를 가?"

"이런 년한테 한 입 더 떠먹이려고 이거 들고 있는 내가 미친년이지!"

엄마는 시래기 국밥을 화장대 위로 던져놓듯 올려놓았다. 시래기나물이 국그릇에서 튀어 올라 바닥에 널브러졌다. 학교에서 돌아오면 엄마가 깨끗하게 닦아놓았을 것을 알기에 가만히 있었다. 나는 머리를 쥐어박는 엄마의 모진 고문을 감내하고 이마까지 꼼꼼하게 비비크림을 발랐다. 엄마들은 딸이 지각을 하면 머리도 감지 않고 곧바로 교복만 입고 책가방을 든 채 학교로 달려가야 하는 줄 안다. 그러나 떡진 머리에 '초쌩얼'로 등교하느니 몇 대 얻어맞더라도 지각을 하는 편이 낫다. 우리 학교는 공학이기 때문이다. '예쁘게 보이기'가 무의식적인 생활 습관으로 자리 잡은 것이 당연하다.

"김소현!"

나는 사과 꽂힌 포크를 들고 있는 엄마를 지나쳐 재빨리 캔버스를 구겨 신었다. 현관에 있는 바디 미스트를 뿌리는 것도 잊지 않았다.

"집에 들어올 생각 하지 마아아아아!"

엄마의 비명소리가 복도 전체에 서라운드로 울려 퍼진다. 학교에 출근하기 시작한 후로 주 삼 회씩 반복되는 행사다. 주민 신고는 절대 들어오지 않는다. 아침마다 엄마를 비명횡사 시키는 학생이 나뿐만은 아니기 때문이다. 나는 비비크림이 땀에 젖지 않도록 뛰지는 않되 경보했다. 보는 이는 아무도 없지만 앞머리가 날아가지 않도록 손으로 바람가리개를 만드는 것은 대한민국 여고생들의 보편적인 습관이다.

2학년 새 학기 첫날 1교시 지각이라……. 나쁘지 않은 출발이다. 어쨌든 평범하진 않으니까.

반 배정은 봄 방학식 날 이루어졌다. 나는 5반에 배정되었다. 담임은 알 수 없지만 같은 반에 배정받은 친구들은 알 수 있었다. 나는 고등학교 입학 후 내내 단짝으로 지내온 마리아와 유나와 또다시 같은 반이 되었다. 그것은 믿을 수 없을 만큼 기쁜 일이면서도 한편으로는 쓸쓸한 일이었다.

　우리 학교는 한 학년당 전교생 수가 사백 명이 조금 안 된다. 문과 반은 다섯 개뿐이다. 반 배정에 대해 정확히 명시된 공지가 내려온 적은 없지만 성적별로 돌린다는 것쯤은 알고 있다. 전교 1등은 1반, 전교 2등은 2반, 전교 3등은 3반…… 그렇게 해서 전교 6등은 다시 1반이다. 즉, 마리아와 유나와 내 등수 사이로 다섯 개의 계단이 있다는 뜻이다. 인정하고 싶지 않지만 가장 낮은 계단에 서 있는 사람이 나였다.

　하지만 그건 그리 크게 신경 쓰이는 문제는 아니다. 나는 이제 막 열여덟이 되었고, '성적 압박'이라는 이름의 집중적인 고문을 당할 시기는 아니었다. 물론 내 친구들 중엔 벌써부터 수상 실적을 챙기는 똑똑한 애들도 있었다. 그러나 대부분은 희뿌연 안개 속에 가려진 수험생의 미래보단 같은 반에 배정된 괜찮은 남자애들 정보 수집에 열을 올렸다. 나 또한 그중 하나였다. 저만치 햇빛에 반사되는 학교의 이마를 바라보면서, 올해의 목표를 되뇌었다. 올해 난, 무슨 일이 있어도 남자친구를 사귀어야만 했다.

　내가 고등학교에 처음 입학했을 때만 해도, 내 머릿속엔 '남자친구'라는 단어가 아예 없었다. 그 당시 난 우리 중학교에서 이 작고 아담한 고등학교에 배정받은 몇 안 되는 소수자 가운데 하나였다. 난 두려움에 떨고 있었다. 오로지 친구 문제로. 열일곱 살 소녀에겐 '여자 친구 문제'가 이 지구상 곳곳에서 일어나는 전쟁보다 더 무서운 악몽이 될 수도 있다. 순정만화에나 나오는 밀가루 폭탄이나 집단 구타를 얘기하는 것이 아니다. 같이 화장실에 가서 내가 볼일을 다 볼 때까지 기다려주고, 같이 급식을 먹으면서 내 식사 속도에 맞춰주고, 주말이면 같이 동대문이나 지하상가에 가서 쇼핑할 수 있는 친구를 만나지 못할까 봐 무서웠다.

우리 고등학교에 함께 배정받은 친구들은 대부분 나와 맞지 않는 성격이었다. 성격이 나쁘거나 이상하다는 뜻이 아니다. 어떤 화제에 대해 내가 '와!' 하고 반응했을 때 '어?' 하고 반응하는 친구는 맞지 않는 것이다. 그렇다고 내가 나와 똑같은 성격의 여자애들하고만 어울렸다는 뜻은 아니다. 너무 비슷한 성격의 친구는 속이 빤히 들여다보여서 오히려 가까이하기 더 어렵다. 결국 베스트 프렌드라는 건 일종의 기적이다. 저 사람이 나와 어울린다고 생각했을 때 그 사람도 나와 똑같이 생각해야지만 이루어질 수 있다. 어떤 면에서 남녀가 사귀는 과정과도 비슷하다.

그런 기적적인 감정 교류를 통해서 친해진 마리아와 유나는 둘 다 인생의 큰 할을 남자 문제에 할애했다. 두 친구가 유별나게 남자에게 목을 맨다기보다는, 내가 지금까지 남자에게 너무 관심이 없었다. 마리아와 유나는 남자애들에게 온 문자를 세 시간 동안 분석하느라 제 할 일 못하는 부류의 애들은 아니었다. 그러나 호들갑을 떨거나 눈물을 글썽이며 '그 남자애'와 '내 남자친구' 얘기를 하는 두 친구는 확실히 사랑스럽고 귀여웠다. 나도 그 세계에 동참해 내 친구들처럼 반짝거리는 눈과 발그레한 볼을 갖고 싶었다. 두 사람과 어울리면서 처음으로 '연애'에 관심이 생겼다. 지난 일 년 간 꾸준히 시청했던 트렌디 드라마와 순정만화가 결합되면서, 나는 열여덟이라는 눈부신 나이에는 반드시 첫사랑을 경험해야만 한다는 결의를 품게 되었다.

난 작년에 같은 반 남자애에게 고백 받았지만 사귀진 않았다. 널 좋아한다는 그 말보다, 널 귀엽다고 생각하는 남자애들이 많다는 얘기에 훨씬 설렜다. 난 내 얼굴이 어느 정도의 레벨인지 잘 알고 있다. 나는 남자애들이 축구 골대 밑에서 끝없이 여자애들 외모 레벨을 매길 때, 다섯 손가락 안에 들 정도는 된다.

**우리 반에선 A가 제일 예쁘지! A는 진짜 지존이지. 그런데 B도 괜찮아. 사실 B가 더 섹시하지 않냐? 만날 같이 다니는 C랑 D도 귀여워. 특히 C는 코맹맹이 소리가 최고잖아. 그리고…… C가 더 예쁘긴 하지만 난 D도 좋아. 걘 매력 있어.**

나는 D레벨이고, 그건 그다지 나쁘지 않은 수준이라고

생각한다. 남자애들이 모든 것을 발 벗고 나서서 도와주진 않지만, 도와달라고 했을 때 화색을 띠고 다가올 정도는 되는 레벨이 D다.

나는 예쁘지는 않지만 못생기지는 않았다.

나는 키가 크고 늘씬하진 않지만 옷 매장에서 개미 기어가는 목소리로 '77'을 주문할 정도는 아니다.

나는 내게 먼저 다가오는 친구들에겐 더없이 쾌활하게 맞춰 주지만, 이유 없는 경계심이 느껴지는 애들 앞에선 바로 문을 닫고 나만의 성 안에 웅크린다.

한마디로 나는 평범하다.

보통 평범한 여자애들은 본격적으로 누군가를 사귀기 전 혼자만의 시행착오를 겪는다. 나 또한 그랬다. 나는 작년에 누군가를 혼자 좋아했고, 혼자 설렜으며, 혼자 차였다. 이 모든 사건이 일어나는 데엔 한 달도 걸리지 않았다. 가장 친한 마리아와 유나에게도 털어놓지 못했던 사실이다. 그 후 자신감이 위축되긴 했지만 내 일상에 크게 영향을 끼칠 정도는 아니었다.

누군가를 좋아하는 일은 쉽다. 비밀이 내 안에만 있을 땐 모든 사건이 작고 소박하게 매듭지어진다. 그러나 아무리 사소한 비밀이라도 친구들과 공유하는 즉시 괴상한 과잉 감정의 늪에 빠지게 된다. 나는 그 위험을 충분히 인식했고, 열일곱 살에 처음 느꼈던 풋풋한 감정이 입 밖으로 나오지 못하도록 꿀꺽 삼켜버렸다. 올해 내게 필요한 건 용기와 자신감이다. 그 두 가지가 풀 충전 됐을 때 '진짜' 남자 친구를 사귈 수 있을 것이다. 나는 내 생애 가장 아름다울 열여덟을 상상하며 좀 더 발랄하게 뛰었다.

나는 최악의 상상을 즐긴다.

학교 앞 횡단보도 없는 좁은 길을 건널 때마다 종종 레미콘에 치여 죽는 상상을 하는 식이다. 학교 창문을 닦을 땐 실수로 머리부터 떨어져 즉사하는 상상을 하고, 체육 시간에 피구를 할 때는 공이 머리의 급소를 건드려 뇌관이 끊기는 상상을 한다. 머릿속에서 블록버스터나 유혈 낭자극을 제작하는 건 쉽다. 그러나 현실에선 절대로 일어나지 않는다. 어디까지나 영화이기 때문이다. 최악의 상상은 그것이 절대로 일어나지 않을 일이라는 믿음이 있기 때문에 일종의 안도감을 준다.

그러나 오늘은 그 안도감에게 배신당한 날이다. 오늘은 정말 특별한 첫날이었다.

"오 분 십 분도 아니고 일 교시를 건너뛰어? 네가 제정신이야?"

　새 담임이 정해질 때 학생들이 가장 많이 하는 말은 '걔만 아니었으며 좋겠어!'다. 그러나 진부한 운명의 법칙대로 그 말을 가장 많이 떠든 학생이 '걔'의 반에 걸리는 법이다. 이 법칙을 알고 있는 나는 죽어도 '걔'의 이름을 언급하지 않았다. 진부한 운명의 법칙은 올해부터 신선해지기로 한 모양이다.

　오랑우탄.

　팔이 너무 길어 슬픈 짐승인 학생주임에게 붙여진 별명이다. 가끔 손으로 바닥을 쓸며 복도를 지나간다는 제보도 있다. 전교생이 언급하는 '걔'의 영원한 우선순위이기도 하다. 그는 모든 학생을 기존 질서의 반동분자로 보았다. 고등학생이라면 1970년대든 2000년대든 몽둥이 아래 무릎 꿇으사 융통성 모르는 교칙과 혼연일체가 되어야만 했다.

　"이거 핸드폰으로 찍는 인간 있으면 알아서 해! 교직을 내팽개치더라도 용서치 않을 거야!"

　학주는 노이로제에 걸린 표정으로 학생들에게 소리 질렀다. 그는 재작년 한 여학생 엉덩이를 구두로 걷어찼다가 UCC에 '이 시대 마지막 폭력 교사'로 소개되어 곤욕을 치렀다. 교장의 사촌이기 때문에 처벌을 받진 않았지만, 이 시대 최고의 정예부대인 '학부모 부대'의 방문을 여섯 번 정도 받아야 했다. 그 이후로 그는 학생에게 체벌할 때마다 히스테릭하게 핸드폰 카메라를 찾았다.

팡! 팡!

몽둥이는 두 번 더 허공을 가로질렀다. 매질이 끝난 후, 나는 떨어진 책을 주은 사람처럼 우아하게 일어섰다. 엉덩이를 문지르는 천박한 짓 따윈 하지 않는다. 맨 앞줄에서 나를 빤히 올려다보고 있는 남학생들의 시선을 느꼈다. 아씨, 나 밑에서 보면 안 예쁜데. 맞은 곳은 엉덩이인데 이상하게 다리가 절뚝거린다. 그 희한한 꼴로 맨 뒷자리로 걸어가며 낯선 얼굴을 발견했다. 앉아 있는 키로 봐선 180cm는 거뜬히 넘을 것 같고 얼굴도 곱상한 게 딱 여자애들이 세 시간 동안 입방정 떨 스타일이다. 나의 남학생 데이터에 'No file'을 알리는 빨간등이 깜빡인다. 어째서 지금까지 알지 못했을까?

"Are you Hurt?"

**헉!**

나는 너무 놀라 그 자리에 멈춰 섰다. 네이티브 스피커 발음이다.

"No…… No!"

나는 갑작스럽게 영어를 맞닥뜨린 한국인답게 쓸데없는 바디랭귀지를 섞어가며 'No'를 반복했다. 그리고 아까 전보다 더욱 비틀거리며 자리로 돌아왔다.

"누구야?"

앉자마자 유나에게 물었다. 엉덩이의 시퍼런 두 줄짜리 따윈 이제 옛날이야기다.

"전학생."

"교포야?"

"그런가 봐."

고개를 끄덕이며 앞자리에 앉은 남학생의 뒤통수를 쳐다보았다. 185cm. 내가 예상한 그 곱상한 재미교포 전학생의 키였다.

요즘 고등학교에는 복학생들이 많다.

문제아가 늘어났다는 뜻이 아니다. 조기유학을 갔다 오는 학생들이 많아서 1년 늦게 한국의 고등학교로 복학하는 학생들도 늘어났다. 대부분 1년이 늦지만 2년이 늦는 학생도 있다. 단기 유학생들이기 때문에 완벽한 한국어를 구사한다. 영어를 쓰는 학생은 거의 없고 영어 성적이 유달리 좋은 학생도 없다. 유학생이라는 이름이 민망할 정도다. 그들은 나이가 맞는 복학생들끼리 어울려 위화감을 조성하거나 아웃사이더 무리를 만들진 않는다. 대부분 한 살 어린 동생들과 잘 어울리고 평범한 학생들과 다름없이 지낸다.

전학생이자 복학생의 이름은 '매트 박'이라고 했다. 그의 이름을 듣는 순간 매트리스가 떠올랐지만 폭소하진 않았다.

"줄여서 '맷'이라고 불러."

그 애는 맷 데이먼처럼 매력적으로 웃었다. 한국 이름을 물어보았지만 외국 이름이 더 편하다는 도피 타입의 동문서답이 돌아왔다.

"힙, 아프지 않아?"

"괜찮아요. 견딜 만해요."

"존댓말 안 써도 돼. 한 살 차이인데, 뭐."

"그래도……."

"난 존댓말이 어색하거든. 그냥 '맷'이라고 불러. 오빠 노릇 하고 싶지 않아."

나는 유나와 눈빛을 교환했다. 그리고 승낙의 의미로 가식적으로 수줍게 웃었다.

"너무 놀랐어. 보통 그렇게 학생들을 때려?"

"잘못했을 때만요."

"말 놓으라니까?"

"……응. 선생님들 전부 그러는 건 아니야. 원래 학교당

두세 명씩은 있잖아."

"누우—욕엔 없는 걸."

"뉴욕 살다 왔어?"

"응. 맨해튼."

"아……."

맷은 '맨해튼'이라는 단어에 우리가 굉장한 반응을 보이길 기대했던 것 같다. 나는 그 도시 이름을 들을 때마다 우주에서 떨어지는 소행성이나 테러범이 설치한 폭탄을 떠올렸다. 그건 굉장한 반응을 보이게 하기보단 도리어 숙연해지게 했다.

"난 거기에선 무서워서 못 살 거 같아."

마리아의 대답은 맷을 실망시켰고, 그는 날 바라보았다.

"한번 가보고 싶어."

나는 얼떨결에 그렇게 대답했다. 내가 가보고 싶은 도시는 뉴욕 같은 흔한 도시가 아니라 미시시피 강 유역의 정글이나 인도의 오지였지만, 전학생인 맷의 기분을 맞춰줄 필요가 있었다. 그는 쉬는 시간의 어수선한 분위기 속에서 누구와도 대화할 타이밍을 잡지 못해 처음으로 말을 걸었던 내게 다가온 것이다. 나는 그의 관심이 우쭐하면서도 한편으로는 긴장되었다. 외국서 오래 살다 온 사람에게 한국 고등학생의 장점을 선보여야 한다는 압박감 때문이었다.

"거기가 그립지 않을 정도로 여기서 잘 지냈으면 좋겠어."

맷은 나와 정확하게 시선을 맞추며 미소 지었다. 스스로에게 자신 있는 남자애들만이 지을 수 있는 미소였다.

"네 핸드폰 번호 좀 알려줄래?"

맷이 최신형 핸드폰을 내게 내민 순간, 올해 나와 커플 핸드폰 줄을 맞추게 될 남자애가 이 애일지도 모른다는 허무맹랑한 예감이 찾아들었다. 가끔 그런 순간이 있다. 나에게 최소한의 호감을 표현한 남자애에게 급진적인 감정을 느끼게 되는 순간이. 맷이 내 핸드폰으로 전화를 걸자 두 달 전에 유행했던 가요 컬러링이 흘러나왔다. 좀 더 있어 보이게 팝송이나 뉴에이지로 바꿔놓을걸! 나는 아쉬워하며 매트 박의 번호를 저장했다. 이런 사소한 것에 벌써부터 신경 쓰이다니. '망상의 세계'에 진입한 것이 틀림없다. 이 세계는 완벽한 이분법의 세계다. 망상대로 진행되면 천국이 따로 없겠지만, 망상으로 끝나게 되면 공허한 구덩이가 손수건을 흔들며 나를 환영한다. 구덩이에 파묻히지 않기 위해선 모든 것이 확실해지기 전까지 베스트 프렌드에게도 이 감정을 털어놓아선 안 된다.

나의 풋풋했던 첫 번째 감정을 다시 떠올렸다. 고등학교 입학 당시 내가 첫눈에 반한 사람은 같은 반의 남자애였다. 혼자만의 짝사랑이 시작된 지 한 달 후, 그 남자애는 내 친구에게 좋아한다고 고백했다. 나의 가장 친한 친구, 유나에게.

"맷이라는 애, 너무 느끼하지 않아?"

마리아가 컨실러를 눈 밑에 찍어 바르며 물었다. 마리아는 본명이지만 그녀는 교포나 혼혈이 아니다. 게장에 밥 비벼 먹을 때 세상에서 가장 행복한 토종 한국인이다. 집안이 천주교 신자라 사 남매 이름이 다 저런 식일뿐이다. 언니는 젬마고 오빠는 요셉이며 막내 동생은 라파엘로다. 개인적으로는 막내가 가장 세상 살기 힘들지 않을까 싶다.

마리아의 이름은 '성모'를 연상시키지만, 실제 내 친구 마리아는 똑똑한 여우다. 입학 이래 한 번도 모의고사 1등급을 놓쳐본 적 없고 내신도 최상위권이다. 남자친구는 똑똑한 모범생들만 골라 사귀고 헤어질 때는 가차 없이 잘라 버린다. 공부, 연애, 체육 모든 분야에서 하이클래스인 무시무시한 친구다.

"그래도 생긴 건 완전 귀여워! 걔 뒤에서 봤어? 어깨 장난 아니야. 여자애들이 제일 좋아하는 거 있잖아. 날개 뼈

톡 튀어나와서 허리라인 쪽 들어가는 거!"

유나가 머리를 열두 번 째 묶었다 풀며 목소리를 높였다. 그녀는 '아오이 유우'의 '전봉준 머리'를 완성하기 위해 갖은 애를 쓰고 있었다. 유나처럼 유난히 얼굴형이 예쁜 애들만 가능한 머리다. 허술하게 올려 묶은 머리 아래 흐트러진 몇 가닥이 포인트다. 여자애들은 유나더러 촌스럽지만 예쁜 얼굴이라고 한다. 일명 '촌스럽고 예쁜' 얼굴은 남자애들 사이에서 인기가 많다. 유나의 짙은 눈썹과 새까만 속눈썹, 틴트를 바르지 않아도 빨간 입술은 나의 정반대다. 나는 '스모키 메이크업이 어울리게 생긴 얼굴'이다. 화장하면 예뻐 보일 얼굴이란 소리에 기분 좋아할 여자애들은 그다지 없다. 민재는 많은 남자애들처럼 가능성이 숨어 있는 얼굴보다 대놓고 가능성을 보여주는 얼굴을 좋아했다.

김민재. 내가 처음으로 호감을 느꼈던 문제의 그 남학생 이름이다.

민재는 전교적으로 유명한 꽃미남은 아니었지만 비교적 인기가 많았다. 흔히 찾아볼 수 없는 과묵한 스타일이기 때문이다. 과묵한 남자애들은 점점 희귀종이 되어 갔고, 여자애들은 공급과 수요의 법칙에 따라 희귀종에 더욱 열광했다. 스스로 민재를 좋아하는 것인지 자문하기 시작한 시기는 1학년 4월 초 무렵이었다. 정확히 말하면 체육 시간에 배웠던 포크댄스 수업 도중이었다.

포크댄스는 공학의 묘미다. 제인 오스틴 원작 영화에 자주 나오는 이 간질거리는 댄스는 수행평가 종목이 아니다. 그럼에도 모두가 진지한 얼굴로 춤동작을 익힌다. 당연하다. 이성과 함께 손바닥을 맞부딪치며 추는 춤이기 때문이다. 아무리 우리 십 대가 온갖 영화와 드라마와 뉴스와 책 속에서 발랑 까진 실패작으로 묘사된다지만, 실제로는 순진함과 감수성으로 얇게 무장한 여고생들 천지다. 남자애들은 어떤지 모르겠다. 이 포크댄스의 두근거림에 대해 터놓고 얘기한 적이 없기 때문에.

어쨌든 나와 내 친구들은 '포크댄스' 네 글자를 듣자마자 즉시 헤어스타일을 재정비하고 도도한 표정을 갖추었다. 수가 적은 남자애들은 작은 원을 그리며 섰고, 좀 더 수가 많은 우리는 그 바깥으로 커다란 원을 그렸다. 라디오에서는 양계장을 소유한 전원주택의 아침 일상에서나 들릴 법한, 경쾌하면서도 어딘가 촌스러운 노래가 흘러나왔다. 오른발 왼발 체육관 바닥을 찍고 무릎을 굽히고 허리를 굽히는 요상한 동작을 반복한다. 이 동작은 남자애들이 하면 우스꽝스럽지만 여자애들이 하면 상당히 귀여운 효과를 낼 수 있다. 여자애들은 입을 꼭 다물고 인위적인 어설픔으로 중무장했다. 두 원은 반대 방향으로 돌고, 상대방은 춤이

한 번 끝날 때마다 인사하며 파트너를 바꾼다.

나는 저만치에서 점점 내게 다가오는 민재가 이상하게 신경 쓰였다. 파트너를 세 번만 바꾸면 민재와 함께 춤을 출 수 있었다. 다행히도 민재는 내가 좀 더 자신 있는 왼쪽 얼굴 방향에서 다가오고 있었고, 나는 어느 순간 민재가 나를 바라볼지도 모른다는 근거 없는 착각 아래 긴장을 늦추지 않았다. 입술을 꼭 다물고 그 유치한 동작을 최대한 우아하게 연출했다. 그렇게 한 명이 지나가고, 두 명이 지나가고, 이다음이 바로 김민재…….

"자, 오늘 수업은 여기서 마칠게."

눈치 없는 체육 선생이 라디오를 정지시키는 순간 나도 모르게 괴성을 지를 뻔했다. 그 순간 깨달았다. 아, 내가 이 애를 마음에 들어 하는구나. 물론 아주 많이 좋아한 것은 아니었다. 스타일이 썩 괜찮은 같은 반 솔로 남자애에게 품는 당연한 호감 같은 것이었다.

그러나 그때 이미 민재는 예쁜 이마를 드러내놓고 다니는 유나를 좋아하고 있었다. 민재가 작년 4월 중순 유나에게 고백했을 때, 나는 바로 옆에 서 있었다. 착각의 결계가 사라졌을 때의 당혹감과 친구들에게 고백하지 않아 다행이라는 안도감이 동시에 밀려들었다. 나는 일 분 정도 패닉 상태에 빠졌지만, 곧 여느 여고생들답게 명연기를 펼쳐 유

34

나와 민재의 커플 탄생을 축하해 주었다. 호감 가던 남자애가 내 친구와 엮이는 일들은 주변에서 의외로 자주 일어난다. 확인해 본 적은 없지만, 남자애들에게 쉽게 대시하지 못하는 여자애들은 다들 나와 비슷한 경험이 있을 것이다.

"김소현, 너 잘해 봐. 핸드폰 번호 교환했으면 반은 성공한 거야."

"야, 갑자기 웬 김칫국이야."

"너 올해 꼭 남자친구 만든다며? 매트 키도 크고 어깨도 넓잖아. 네 이상형 아니었어?"

"됐어. 아무래도 교포면 문화가 달라서 어려울 거 같아."

뭘까, 마치 내가 고백만 하면 바로 사귈 수 있다는 이 자신감은? 내가 대답하고도 민망해졌지만 친구들은 개의치 않았다. 솔직히 그 애에게 첫눈에 호감을 느꼈다고 설레발을 쳤다가 한 달도 되지 않아 민재와 같은 결말이 날까 봐 두려웠다. 물론 이 얘기도 하지 않았다. 대신 입술에 틴트를 꼼꼼히 발랐다. 투명 립글로즈로 마무리하는 것도 잊지 않았다.

"지금쯤 나가면 줄 줄었겠다. 거울 다 봤으면 나가자."

정해진 절차대로 서로의 치마 뒤 구겨진 정도를 확인하고 팔짱을 낀 채 화장실을 나섰다. 여자애들은 점심시간에 앞서 파우치에서 뭔가를 꺼내 화장실로 달려간다. 식당에서 전교의 남자애들과 사방에서 마주치기 때문에 앞, 뒤, 옆 모두 소홀히 할 수 없다. 우리들에겐 예쁘게 보이는 것이 가장 중요하다.

화장실에서 나오자마자 팔을 풀어야 했다. 오랜 방학 때문에 학주가 자주 이 시간 이 앞에서 서성거린다는 사실을 잊고 있었다.

"이거 진짜 몇몇의 문제가 아니네……."

이미 몇몇을 혼낸 이의 말투다.

"조만간 소집 한번 해야겠어."

학주는 대걸레를 분리시킨 밀대로 우리 셋의 골반을 툭툭 쳤다.

"그렇게 다리를 남자애들한테 보여주고 싶어?"

"……."

"치맛단이 무릎 위로 올라가면 예뻐 보일 것 같아?"

"……."

"싼티 나. 학생은 학생답게 하고 다니는 게 가장 예쁜 거야."

마지막 저 구절은 여고생들의 집단적인 증오의 대상이다.

학주가 말하는 '학생답게'란, 완벽한 쌩얼에 무릎 밑의 치맛단, 뻥뻥한 재킷과 하나로 질끈 묶은 머리다. 그러나 우리는 비비크림을 바르고 치마를 살짝 무릎 위로 올리고 재킷을 약간 줄이고 긴 생머리를 늘어뜨리면 그보다 훨씬 예뻐진다는 것을 알고 있다. 우리의 상상이 아니라 사진이 증명한다. 이제 막 산 교복을 입고 단발머리를 한 고1 입학식 사진을 보다가 지금의 거울 속 내 모습을 보면, 이런 말 하기 쑥스럽지만 변신의 수준을 지나 '변태'했다는 것을 알 수 있다. 그런데 어떻게 이 예쁜 'H라인 무릎 위' 스커트를 포기하겠는가.

"겉멋들만 들어 가지고."

학주는 밀대로 우리 셋을 위협하더니 혀를 차며 돌아섰다. 우리는 습관처럼 학주에게 바치는 헌사, "졸라 짜증나"를 몇 번 암송하며 식당으로 향했다.



2학년 여고생 전체 소집은 3월 마지막 주에 이루어졌다. 강당 의자에 앉은 여고생들은 하나같이 다리를 꼰 채 불만스러운 얼굴로 강단에 선 학주를 노려보았다. 설마, 설마, 했지만 치맛단을 이유로 전체 집합을 거는 구시대적 발상을 실행에 옮길 줄은 꿈에도 몰랐다.

"난 요즘 여러분들처럼 문란한 여고생들을 본 적이 없어."

학주는 한 손에는 애인과도 같은 밀대를, 다른 한 손엔 마이크를 들고 훈계를 시작했다. 가래 낀 칼칼한 목소리가 대강당에 울려 퍼졌다. 점심시간을 이십 분이나 빼앗기면서까지 들어야 하는 것이 문란성에 대한 질타라는 것을 믿을 수 없다. 우리 학교는 근방에서도 소문난 모범생 학교였고, 홧김에 교장실을 뒤엎는 친구나 자퇴 직전 분풀이를 위해 맨주먹으로 창문을 깨부수는 선배도 없었다. 애들은 늘 '그런 애 하나 있었으면 좋았을 텐데' 하고 생각했다. 선생들은 인정하기 싫겠지만 심심한 학교는 찐따나 다름없다. 학원에서 다른 학교 애들이 "이번에 우리 선배가 담임이 새로 뽑은 소나타를 의자로 때려 부쉈어!" 하고 외치면, 우리는 "꼴통"이라고 답하면서도 은근한 시선으로 부러움을 표시했다. 행위에 대한 부러움이 아닌 행위가 불러일으켰을 열띤 분위기에 대한 부러움이다. 학교에서 수십 명이 공통된 화제로 함께 떠드는 일만큼 일체감과 소속감을 느끼는 순간도 없다. 내가 지금 자리에서 일어나 "문란한 것은 시시 때때로 열려 있는 선생님의 남대문입니다!"라고 외친다면 학교가 훨씬 생기발랄해지겠지만 우리 엄마의 얼굴이 내 객기를 가로막았다.

"열여덟 살밖에 안 된 것들이 벌써부터 노출증이야? 그렇게 남자애들한테 보여주고 싶어? 그렇게 하면 어른이라도 된 것 같아? 어? 도대체 너희 치마는 왜 그런 거야? 내가 혹시나 해서 1학년들 교복 치마 확인해 보니까 원래는 펑퍼짐한 게 아주 예쁘더만!"

변태. 우리 줄에 앉은 누군가가 소곤거렸다. 뭘 어떻게 확인해 봤을까.

"세탁소에서 도대체 뭔 짓들을 하기에 길이는 그 모양이고 디자인은 쪽 달라붙었어? 어른들이 하는 말 틀린 거 하나 없어. 학생은 학생답게 입는 게 가장 예쁜 거야!"

아아. 또 나왔어. 나는 마리아와 유나와 번갈아 눈을 마주쳤다. 그거야 '어른 눈'에 보이는 예쁜 모습이겠지. 우리가 필요한 건 우리 또래 애들의 시선이다. 그 외의 사람들에겐 예뻐 보이지 않아도 상관없다.

"선생님이 대학에 다닐 때 흠모하던 여선배가 있었다."

학주의 표정이 갑자기 아련해졌다. 애들의 표정은 급속도로 암울해졌다.

"늘 종아리 아래까지 오는 긴 치마에 헐렁한 티셔츠를 입고 다녔지. 선배, 선배는 다리도 예쁜데 왜 그렇게 가리고 다니느냐고 물어봤었다. 그러자 선배가 이렇게 말했어. 너처럼 힐끗힐끗 다리 보는 남자애들이 참을 수 없어서 그래. 난 남의 눈에 싸 보이는 여자가 되고 싶지 않아."

미친 거 아냐? 학주는 묘령의 여선배의 말투를 따라 하며 새침한 표정을 지어 보였다. 순간 강의실이 통째로 울렁거렸지만 학주는 별로 개의치 않아 했다.

"중요한 것은 자기 자신을 비싸게 가꿀 줄 아는 여자가 되어야 한다는 것이다."

진짜 중요한 건 그로부터 20년 정도가 흘렀다는 것이다.

여자애들은 졸지에 '싼티 나는' 여자애들로 낙인찍힌 것에 열 받은 듯 온 힘줄이 두드러지도록 학주를 노려보았다. 예뻐 보이고 싶은 것이 뭐 그리 큰 잘못이냐고 반박하고 싶은 여자애들이 나만은 아닌 듯했다.

"그런 의미로, 다음 주부터 치맛단 단속에 들어가겠다. 앞으로 치마를 줄이거나 단이 무릎 위로 올라간 여자애들은 그 자리에서 집으로 돌려보낼 테니 그렇게 알아! 집에 가서 엄마 손 붙잡고 새 교복 사와! 그 전까진 절대로 학교에 발 못 붙일 줄 알아! 지금 줄인 여자애들은 당장 세탁소에 다시 맡기도록 해. 다음 주까지 시간 주겠다."

곧 '어어어' 글자 그대로의 원망의 곡성이 강의실을 뒤덮었다. 학주는 습관처럼 밀대를 몇 번 휘두른 후 먼저 퇴장했다.

강당을 나서는 여자애들은 모두 패닉 상태였다. 대한민국 여고생의 평균 신장이 커졌다고는 하나 대부분이 160cm 초반이거나 그에 미치지도 못했다. 168cm의 세계에 진입한 여자애들은 별일 아닐지 몰라도 우리에겐 심각했다. 단신의 여고생이 무릎 밑 치마를 입는다는 것은 세상에서 가장 짧게 보이겠다고 선언하는 것이나 마찬가지였다. 호빗도 우리의 상대가 안 될 터였다.

정말 여고생들이 치맛단에 왜 그렇게 목숨을 거는지 모르는 걸까? 이건 이 나이 또래 여고생들의 **자존심**이다. 우리들에겐 학교 안의 세계만 있는 것이 아니다. 학교 밖의 세계도 있다. 학원에서 마주치는 다른 학교 여고생들이 우리의 푸대 자루 같은 치마를 보고 얼마나 비웃겠는가. 그 생각을 하니 혈압부터 오른다.

이것은 우리만의 문화였다. 친구들과 삼삼오오 세탁소로 달려가 새 교복 치마를 줄여 달라고 말하는 그 순간, 줄인 치마를 입고 품평회를 갖는 순간, 그 치마를 입고 등교해 우리 문화권 안에서 느끼는 즐거움을 만끽하는 순간순간은 무엇과도 바꿀 수 없다. 우리는 드라마에 나오는 교복처럼 치마를 정신 나간 길이로 자르거나 괴상한 색깔로 염색하지도 않았다. 단지 '우리가 보기 좋게' 적정선에서 새 단장을 했을 뿐이다. 또래 친구들에게 예쁘게 보이고 싶은 욕심이 스무 살 이상 여자들의 전유물은 아니지 않은가.

전국의 세탁소는 전국의 여고생들의 잘라내고 박아대는 단으로 먹고 살았다. 이제 그 세탁소 주인 중 몇몇은 우리 학교의 선생들을 저주하게 될 것이다.

첫 번째 체육 시간은 이십 분의 스트레칭으로 막을 내렸다. 여자애들은 삼삼오오 모여앉아 최대 화두로 떠오른 '치맛단 문제'에 집중했다. 대부분의 여자애들은 단은 늘리되 라인은 뜯지 않을 생각이었다. 길이야 한 단만 접으면 해결되었지만 문제는 '간지'였다. 제대로 단을 줄인 치마와 한 단 접은 치마는 멀리서 봐도 그 '간지'가 다르다. 단을 접으면 치마 윗부분에 쭈글쭈글한 주름이 생기기 때문에 엉덩이가 펑퍼짐해 보이는 치명적인 약점이 있었다. 애들은 대부분 주름을 덮을 헐렁한 후드나 스웨터를 구입할 생각이었다. 우리 셋은 이번 주말에 쇼핑 약속을 잡았다.

치맛단 얘기가 끝나자 어김없이 남자애들 얘기가 시작되었다. 2학년 5반의 물은 미네랄워터와 수돗물의 중간인 '삼다수' 정도였다. 우리 반에는 수질에 한몫하는 1등급 남자애가 한 명 정도 있었고(그 희귀성을 생각했을 때 한 명도 감사해야 한다), 전교적으로 유명한 찌질이들도 있었다. 우리 학교에는 성격 이상한 다섯 명의 남자애들을 가리키는 '준방신기'라는 용어가 있다. 그 다섯 명의 이름에 다 '준'

이 들어가기 때문이다. 준방신기 멤버 중 두 명이 우리 반이었고, 그 둘과 첫 짝이 된 여자애 둘은 노골적으로 싫은 티를 팍팍 내며 몸을 바깥쪽으로 비스듬히 기울여 앉았다.

"나 민재랑 정말 헤어지려고⋯⋯."

유나가 어제와 전혀 달라진 것 없는 주제로 입을 열었다. 정확히 말하면 작년 여름부터 전혀 달라지지 않은 주제다.

"내가 많은 걸 바라는 게 아니잖아. 난 단지 아침, 점심, 저녁에 문자 한 통, 아니면 전화 한 통 걸어주길 바랄 뿐이야. 백 번을 얘기해도 민재 성격은 안 고쳐져."

그리고 고개를 절레절레 흔든다. 유나를 통해 알게 된 민재의 이면엔 공포의 무심함이 숨어 있었다. 여고생의 언어로 풀이하자면, 민재는 핸드폰을 잘 안 갖고 다닌다. 유나는 아침, 점심, 저녁 꼬박꼬박 문자를 보내주면서 챙겨주는 남자친구를 좋아했다. **밥 먹었어? 날씨 추우니까 따뜻하게 입고 와. 저녁 꼭꼭 씹어 먹어!** 같은 문자들.

"어렵지도 않잖아? 내가 영타로 써 달래? 쓰는 데 십 초도 안 걸리잖아. 애니콜을 쓰다 싸이언으로 바꿔서 문자 자판이 손에 안 익은 것도 아니고, 도대체 뭐가 문제일까?"

유나는 전화도 잘 받지 않고 문자도 거의 보내지 않는 남자친구의 무심함에 일주일에 네댓 번씩 상처받는다. 난 솔직히 남자친구를 사귀어본 적이 없기 때문에 의무에 가까운 문자 보고가 뭐 그렇게 중요한지 모르겠다. 그러나 언젠가 한번 이 얘기를 꺼냈을 때, 유나와 마리아는 펄쩍 뛰며 반박했다. **"네가 남자친구를 안 사귀어봐서 그래!"** 그 말에 왠지 자존심이 상해서 그 이후로는 유나의 투정에 늘 맞장구를 쳐줬다.

"난 마음 표현 안 하는 남자는 두 번 다시 안 만날 거야."

하지만 유나는 백만 번쯤 투정부리면서도 절대로 먼저 헤어지자는 말은 하지 않는다. 가끔은 멋지게만 보이는 민재에게 불만만 많은 유나가 좀 얄밉기도 했다. 난 더 이상 민재를 좋아하지 않는다. 그러나 찜찜하게 뒤끝이 오래가는 이유는, 내가 홀로 차였기 때문일 것이다. 아니면 나보다 내 친구가 더 예쁘다는 사실을 호감 있던 남자에게 확인 사살 받았기 때문일지도 모르겠다.

대화는 이제 마리아의 어장 속의 물고기들로 넘어갔다. 나는 '태엽 모드'를 작동했다. 태엽 모드란, 마리아와 유나가 남자애들 얘기에 초집중할 때 육체는 그곳에 놔두고 정신만 빠져나오는 것을 뜻한다. 나는 기계적으로 고개를 끄덕이며 "진짜?"를 연발했다. 내 제3의 눈은 농구 골대 아래서 그럴싸하게 공을 튀기고 있는 맷에게 향했다. 솔직히 농구를 그렇게 잘하는 것처럼 보이진 않았다. 그러나 워낙 키가 크고 덩치가 좋아서, 공을 튀기고 있는 것만으로도 폼이

났다.

"소현이 넌 좋아하는 사람 없어?"

쉬는 시간 종 치기 십 분 전, 유나가 여자애들의 운명을 좌지우지하는 그 질문을 갑자기 던졌다. 나도 모르게 고개를 끄덕였다.

"있어."

그와 동시에 나갔던 정신이 내 몸으로 쏙 들어왔다. 대답한 내가 더 화들짝 놀란 얼굴을 했다.

"누군데?"

눈을 반짝거리며 날려드는 유나와 마리아의 얼굴을 보자, 누구 이름이라도 대야 할 것 같은 사명감이 들었다. 그 순간 농구 골대에 슛을 골인시키고 있는 맷을 봤고, 얼떨결에 그 애 이름을 댔다.

"매트 박."

"이거 봐, 이거 봐! 결국 이렇게 될 줄 알았어!"

유나와 마리아는 그 얼굴들에 어울리지 않는 레슬링 자세로 달려들었다.

"언제부터야? 혹시 첫눈에?"

"솔직히 첫눈에 좀 괜찮다고 생각하긴 했어."

"내가 그럴 줄 알았어. 원래 첫 느낌이 끝까지 가는 거야. 쟤 여친 없는 거 같던데 잘 꼬셔봐!"

"아 씨, 근데 쟤 노리고 있는 여자애들 많은 거 같아."

"쟤가 핸드폰 번호 교환한 여자애 너밖에 없어. 저녁에 문자도 몇 번 왔다며?"

오긴 왔다. 그러나 내일 시간표를 가르쳐 달라는 지극히 친구다운 문자였다.

"앞으로 우리가 팍팍 밀어줄게. 첫눈에 반했다니, 너무 멋지다!"

"나도 잘되고 싶어……."

어색하게 웃으며 말줄임표를 찍었다. 이 당혹스러운 시추에이션은 초등학교 6학년 때와 전혀 달라진 것이 없다. 난 열여덟인데!

코흘리개 열세 살 시절.

모든 여자애들에게는 좋아하는 남자애를 1위부터 3위까지 순위 매겨야 하는 순간이 찾아온다. 나는 그때도 딱히 좋아하는 남자애가 없었다. 그러나 친구들과의 수다에 동참하기 위해, 반 년 동안 짝이었던 남자애, 몇 번 눈이 마주쳤던 남자애, 청소할 때 도와주었던 남자애를 생각나는 대로 얘기했다. 그것이 곧 '내가 좋아하는 남자애' 순위가 된다. 나는 친구들의 호기심을 충족시켜 주기 위해, 1위 남자애를 좋아하게 된 이유, 좋아하기 시작한 시점, 결정적 매력을 10대 로맨스 소설 양식에 맞춰 그럴싸하게 꾸며냈다.

그리고 그 남자애와 있었던 작디작은 썸씽을 대사건마냥 포장해 수줍게 털어놓았다.

놀라운 것은, 이 과정을 거친 후 거짓말처럼 내가 진짜로 그 남자애를 짝사랑하기 시작했다는 것이다! 이 말도 안 되는 과정이 열여덟 살에 똑같이 반복되다니!

"솔직히 쟤도 너한테 관심 있는 것 같더라."

심지어 초등학생 때 친구에게 들었던 얘기마저 똑같다. 우리 셋은 맷을 흘끔거리며 훔쳐보았다.

"쟤 더 유명해지기 전에 빨리 가로채."

마리아가 의미심장한 미소를 띠며 고개를 끄덕였다. '더 유명해지기 전'이라는 어감에서 왠지 모를 초조함을 느꼈다. 다시 고개를 들었을 때, 이번에는 맷과 눈이 마주쳤다. 그는 씩 웃으며 손을 흔들었다. 그 애가 굉장히 예쁜 눈웃음을 갖고 있다는 걸 발견했다. 말도 안 되게, 가슴이 뛰기 시작했다. 어쩌면 이것이 말로만 듣던 그 '종소리'일지도 모른다.

작년 학기 말, 〈헤어스프레이〉란 뮤지컬 영화를 본 적 있다. 나는 그 영화를 백 퍼센트 집중해서 보았다. 특별히 뮤지컬 영화를 좋아해서가 아니다. 학교에서 보는 영화이기 때문이다. 관객의 가장 열렬한 호응의 정점을 경험하고 싶은 감독이 있다면, 고등학교 수업 시간에 영화를 틀면 된다. 그곳은 광란의 교단이 된다. 하여튼 그 영화의 뚱뚱한 여주인공은 첫눈에 반한 남자주인공을 보자마자 이렇게 노래했다. "I can hear the bell!(난 종소리를 들었어!)"

주인공인 트레이시는 정말 첫눈에 사랑에 빠졌다. 그것에는 단 일 퍼센트도 타인의 영향이 없었다. 하지만 나는? 내가 듣게 된 종소리는 과연 내 심장이 치는 종소리일까? 마리아와 유나가, 혹은 두 사람과의 대화에서 소외당하고 싶지 않은 나의 무의식이 꾸며낸 소리는 아닐까? 남자애를 좋아하게 되는 건, 첫사랑을 시작하는 건 백 퍼센트 자의만은 아닐지도 모르겠다.

복잡하게 생각하지 않기로 했다. 어쨌든 나는 공식적으로 '반짝거리는 눈과 발그레한 볼을 가진 소녀 군단'에 편입되었다. 이제부터는 맷을 좋아하는 일이 나의 일상이 될 터였다.

# 치맛단의 차별 대우

이 세상에서 여고생만큼 조심스러운 생물체가 또 있을까? 나는 여고생이야말로 가장 진실되고 사려 깊게 보살핌 받아야 하는 존재라고 생각한다. 가냘퍼서가 아니다. 나는 사물함 정리를 할 때 어디선가 보고 있을지도 모를 남자애를 의식해 두꺼운 문제집 다섯 권을 버거워하는 척하지만, 실은 스무 권을 들고도 전력질주 할 수 있는 체력의 소유자다. 쉽게 토라져서도, 겁 없이 비뚤어질 수 있는 갈림길에 서 있어서도 아니다. 단지 예민한 감수성과 결합된 사소한 기억력 때문이다. 예민한 감수성은 사소한 사건을 확대 해석하고, 결국 암울한 기억으로 만들어 저장소에 보관시킨다. 내가 아는 사람들만 해도 암울한 저장소의 주인들이 몇 된다.

언니는 나와 같은 고등학교를 나왔다. 언니가 고3 때, 지금 담임이자 학주인 문학 오랑우탄은 언니를 앉혀놓고 이렇게 얘기했다고 한다.

**"넌 아무래도 일찌감치 기술 배우는 게 낫겠다."**

물론 3학년 3월부터 공부를 포기하고 직업학교에 등록하라는 얘기는 아니었다. 언니는 반에서 중간 정도를 유지하는 무난한 수준이었다. 담임은 좀 더 스퍼트를 올리라는 충고에 쓸데없는 충격 요법을 사용한 것이다.

언니와 같이 몰려다니던 무리 중엔 언니보다 등수가 오등 정도 낮고 모의고사 점수가 이십 점 정도 못 나오는, 그러나 이영애를 닮은 아주 여신 같은 친구가 있었다. 담임은 이렇게 얘기했다고 한다.

**"넌 조금만 열심히 하면 인 서울은 들어갈 것 같은데, 4월 모의고사부터 조금씩 목표치 높여가 봐. 일단 제일 잘 오르는 사탐부터 해보고."**

결과적으로 그 언니는 삼수를 해도 대학에 못 갔고, 우리 언니는 인 서울의 괜찮은 대학 영문학과에 합격했다. 그래서 결론이 뭐냐고?

우리 언니는 아직도 고등학생 시절을 얘기할 때면, 자신의 미래를 싸잡아 무시하며 히죽거리던 담임의 얼굴을 가장 먼저 묘사한다. '픽' 웃을 때 담임의 고개가 어느 쪽으로 돌아갔는지, '히죽'거릴 때 보이던 이가 얼마나 누랬는지, 성의 없이 성적표를 가리키던 볼펜이 얼마나 '틱틱' 소리를 냈는지, 언니의 묘사는 붓보다 섬세하고 다큐멘터리보다 리얼하다. 그때의 심정을 털어놓는 언니는, 마치 〈사건 25시〉의 모자이크 처리된 피해자와도 같았다.

**"그때 교무실이 되게 조용했거든요. 다른 선생님들이 다 절 보고 있는 것 같았어요. 쯧, 지금 와서 생각해 보면 담임이 나름대로 충격 요법을 써서 절 독하게 만들려고 했던 것 같아요. 쯧, 그래도 창피하고 비참했던 건 어쩔 수 없죠. 쯧."**

어쨌거나 여고생이란 결국 이런 존재다. 우리들은 순간순간 있었던 사건들의 시간과 장소, 냄새와 표정 변화까지 싹 다 기억한다. 좋았던 추억이든 치욕스러운 악몽이든, 기억은 평생 남는다. 독하게 열심히 하는 우리 언니의 어금니엔, 아직도 자신을 무시했던 담임에 대한 증오가 갈린 고기처럼 끼어 있다.

오랑우탄의 히죽거리던 누런 이가 언니의 인생에 얼마만큼의 영향을 끼쳤는지는 모르겠다. 하지만 '선생님'이라는 단어를 들었을 때, 고민을 들어주며 손을 잡아주는 이상적인 선생님보다, 볼펜으로 모의고사 성적을 '틱틱' 찍던 담임의 모습을 떠올리는 언니가 안쓰럽긴 하다.

고등학교에는 엄연한 차별이 존재한다. 차별은 주로 성

적순으로 이루어진다. 물론 선생님들이 과장된 청춘 드라마에 나오는 악독한 인간들처럼 부잣집 자제들 앞에서 대놓고 설설 긴다든가, 공부 못하는 아이가 촌지조차 내놓지 않는다고 투명인간 취급을 하는 것은 아니다. 현실 속의 차별은 매개체를 통해 이루어진다. 아주 사소한 매개체들 말이다.

수업 시간 도중 보내는 문자, 립글로즈의 색깔, 반 강제 야자 조퇴, 양호실에서의 취침, 그리고 치맛단.

강경한 학교 입장에 두려움을 느낀 몇몇 겁쟁이들이 먼저 치맛단을 뜯고 늘리기 시작했다. 단체 소집이 있은 후 얼마 되지 않아, 전교의 절반 정도 되는 여고생들이 원래의 치마 상태로 되돌아갔다. 우리 학교 교복은 원래가 옆으로 퍼지는 플레어스커트이기 때문에 박은 치맛단과 뜯은 치맛단이 확연히 구분된다. 페이크는 불가능했다. 똑똑한 애들은 일찌감치 여분의 치마를 만들었다. 인맥이 좀 되는 애들은 졸업한 학교 선배들에게 교복 치마를 물려받았고 선배를 찾지 못한 애들은 중고 교복 치마를 싼값에 구입했다.

최후통첩이 내려진 지 얼마 되지 않아, 우리는 중고 시장에서 낡은 교복 치마를 싼값에 구입했다. ‘낡았다’고 해봤자 새 치마와 차이가 심하진 않다. 엉덩이 부분이 좀 더 반질반질한 것뿐이다. 나는 학교 안에서는 무릎길이의 얌전한 치마를 입고 다니다가 정문만 나서면 치맛단을 박은 짧은 치마로 갈아입었다. 선생님들은 교복을 ‘학교의 얼굴’이라고 했다. 그 말이 맞다. 누군가는 교복에서 우리 고등학교의 명문대 진학률을 보고, 혹자는 우리 학교의 역사와 배출한 유명 인사들을 본다.

그러나 나는 ‘스타일’을 본다. 이제 막 백화점에서 사온 펑퍼짐한 교복을 보면 그 학교 전체가 후져 보인다. 올해 교육청에서 받은 몇 천만 원으로 새 열람실 의자를 구입했다는 사실보다, 예쁘게 줄인 교복을 입고 최신 유행 가방을 걸치고 신상 운동화를 신은 여고생 한 사람이 그 학교의 세련된 이미지에 백 배는 더 기여한다. 이미지의 시대다. 나는 학교 밖에서만큼이라도 세련되고 잘나가는 여고생처럼 보이고 싶었다. 여분의 교복을 준비하는 수고 따위 백 번이라도 더 할 수 있다. ‘이미지’에 신경 쓰는 여고생들의 노력이란, 선생들이 상상하는 그 이상이다. 언젠가 학주가 너희 여고생들은 모이기만 하면 무슨 수다를 그렇게 떠느냐고 물어본 적 있었다. 학주의 바람은 ‘알아서 하는 대입 준비’와 ‘암기 스킬 공유’ 따위겠지만, 현실은 정반대다. 우리는 예뻐 보이는 법과 남자애들 얘기에만 다섯 시간을 투자한다.

"진짜 안 예쁘다……."

"이게 뭐야, 진짜! 다리 '요만해' 보이잖아!"

"몇 달만 참아. 한두 달 지나면 느슨해지잖아. 그때 다시 박자."

식당 앞에는 전신거울이 있다. 여자애들은 한창 수다를 떨다가도 거울 앞에만 서면 약속이라도 한 듯 입을 다물고 겉모습을 체크한다. 나는 무릎까지 내려온 펑퍼짐한 교복 치마를 노려보며 주머니에서 틴트를 꺼냈다. 어차피 밥 먹으면 금세 지워진다는 걸 알고 있지만, 식당에서 마주치는 수십 명의 남학생들의 혹시 모를 시선을 생각해 얼굴에 생기를 주고 싶었다.

그 순간 식당 유리문으로 걸어오는 학주를 발견했다. 일찌감치 점심을 해치운 오랑우탄은 식당 거울 앞에서 치실로 이 사이를 정리한 후(그걸 꼭 탁 트인 장소에서 해야 할까?) 우리 무리에게 다가왔다. 그냥 심심풀이 땅콩을 찾는 목적 없는 걸음걸이였다. 학주의 시선이 내게 고정되어 있는 것을 깨닫기까진 오 초도 걸리지 않았다. 아이 씨, **틴트**!

"김소현. 너 남자들이 제일 싫어하는 화장이 뭔 줄 알아? 눈은 시퍼렇게, 입은 시뻘겋게 하는 화장이야. 얼마나 촌스럽고 천박해 보이는 줄 알아? 당장 지워!"

나는 합죽이처럼 입을 오므리고 두 손을 가지런히 모았
다. 이미 충분히 반성하고 있으니 한 번 한 말 두 번 하지 말
고 사라져 달라는 겸손한 의사표시다.

"도대체 고등학생 때부터 왜 화장을 하는 거야? 니들이
애쓰지 않아도 피부는 서서히 썩어기게 되어 있어."

나도 안다. 우리 언니는 대학교 4학년이 되면서부터 모공
축소 화장품들을 대거 구입했다. 어릴 때부터 화장을 하면
피부가 빨리 노화된다는 걸 모르는 바 아니다. 그러나 학주
도 폐암을 무릅쓰고 날마다 니코틴을 빨지 않는가. 열여덟
이나 마흔 줄의 아저씨나 뒷일 생각하지 않고 현재의 욕망
에 충실한 건 피차 마찬가지다.

"옛날 여고생들이 얼마나 참하고 예뻤는지 알아? 너희에
비하면 정말 학생다웠어. 너흰 뭐야, 이게? 여기가 패션의
전당이야? 멋 부린 거 보여주는 게 등교의 이유야?"

내 눈에는 이 변치 않는 연설이 학주의 출근 이유인 것만
같다.

"하여튼 쓸데없는 것들에만 정신 팔려 가지고……."

학주는 두세 번 정도 위협적으로 밀대를 휘두른 후 발을
뗐다. 이제는 뒤뜰이나 층별 남자화장실을 뒤지며 후식 담
배를 태우는 남학생들을 사냥할 차례다. 명복을 빈다. 그러

나 그 전에, 학주는 식당 앞에 나란히 늘어져 있는 줄을 지나쳐야 했다. 그 줄의 맨 끄트머리에는 임혜령 무리가 서 있었다. 여자들의 공공의 적, **임혜령**.

"야, 쟤네 치마 봐."

임혜령의 치마는 여전했다. 여전히 무릎 위였고, 당연히 H라인이었다. 저 마른 년. 저 납작한 치마를 입고 점심을 먹고 앉아서 공부를 한다는 사실에 경의를 표한다. 우리뿐만 아니라 우리 주변에 있던 여고생들이 모두 뒤를 돌아보았다. 이 줄에서 유난히 짧은 치마를 입은 것은 임혜령뿐이었다. 뭐든지 남들보다 월등한 임혜령은 개기는 것도 월등하다. 우리는 모두 숨을 죽였다. 학주가 임혜령 앞을 지나치는 그 3초가, 우리들의 눈에 슬로우 모션으로 재생되었다. 열댓 명의 여고생들이 학주의 눈동자 방향과 태도의 변화를 초 단위로 체크 중이었다. 피겨 스케이트 선수의 롱에지를 판별하는 심사위원들조차 우리처럼 예민하지는 않으리라.

학주의 눈동자가 동시에 오른쪽으로 굴러간다. 동공은 임혜령의 타이트한 교복과 짧은 치마, 비비크림 위에 덧바른 파우더를 감지했다. 확실히 감지했다. 학주의 두꺼운 입술이 꿈틀거린다. 0.5초 정도 느려진 걸음은 밀대 사용 여부의 고민 탓일 것이다. 고민이 끝나자마자 입술은 헛기침을 뱉었고, 학주의 눈동자는 다시 제자리로 굴러갔다. 그는 자신을 위한 속임수로 휘파람을 불기 시작했다. **휘익! 휠릴리!** 기가 막히는 정도가 아니라 기도가 막히려 그런다.

"진짜 완전 짜증 나……!"

"저 새끼 차별 장난 아닌 거 알지?"

"뭐야, 임혜령은 왜 안 잡아?"

학주가 멀어지자마자 주변 여자애들의 불만 섞인 목소리가 터져 나왔다.

"가서 따질까?"

"야, 무슨 말 나올지 모르겠냐? 임혜령이는 다리가 길어서 치마가 짧은 거고……."

"우린 다리가 짧아 슬픈 짐승이라 치마가 무릎을 덮는다 하시겠지."

"아, 짜증 나!"

더 짜증 나는 것은 저 인형 같이 생긴 임혜령 년이 공부까지 잘한다는 사실이다. 언젠가 언니가 요즘 예쁜 것들은 공부도 잘하고 스펙도 환상에 집안도 **빵빵**하다는 얘기를 한 적 있었다. 나는 그 살아 움직이는 증거물을 눈앞에서 보고 있었다.

"암만 생각해도 학주는 변태야. 애들이 두 손 받들어 욕으로 영접하는 거 알면서 저렇게 대놓고 차별을 하냐?"

"우리가 욕해 봤자 자기한테 피해 가는 것도 없으니까 무시하겠지. 선생들이 신경이나 쓰겠냐……."

"우리가 이런 차별 얼마나 신경 쓰는지 알면, 신경 써주는 게 정상일 텐데."

나는 매끈한 은색 식판을 마리아와 유나에게 건넸다. 우리의 암울한 정신 상태를 반영하듯 말라빠진 연근 조림과 몇 점 뜨면 사라지는 빈약한 꽁치 튀김이 산더미처럼 쌓여 있었다.

흔히 여자애들은 말이 많다고 한다. 그건 보는 게 많아서다. 나는 앞도 보고 옆도 보고 가끔은 뒤도 보며 걷는다. 사방에서 일어나는 일들은 사방에서 지켜보는 관찰자들의 자기 해석을 통해 전교로 퍼져나간다. 선생들은 알까? 눈앞의 여고생을 번갈아 쳐다보는 그 눈빛의 상냥함의 정도마저 여학생들의 입방아에 오르내린다는 것을. 그리고 그 입방정 속에서 상처받은 예민한 감수성의 피해들이 속출한다는 사실을. 이런 비유는 정말 하기 싫지만, 고등학교의 선생님은 아이돌 같은 존재다. 자신이 하는 말 한마디, 눈빛 한 번, 행동 하나에 수백 명의 여고생들이 힘을 얻고 상처받을 수 있다는 사실을 늘 인지해야만 한다.

그러나 현실은 허무하게도 정반대다. 나와 유나는 신경질적으로 꽁치를 분해했다.

"어쩌겠냐. 공부도 못하고 예쁜 구석도 없는데."

보통은 이렇게 '어쩔 수 없는 건 어쩔 수 없는 거지' 식으로 쿨 하게 체념한다. 은근하게 상처받는 애들은 있을지언정 독하게 복수를 꿈꾸는 애들은 없다. 있어 봤자 작심삼일이다. 대부분의 인생이 그렇듯이. 마음속에 담아두되 심각해지진 않고 잘못된 걸 뻔히 알면서도 쿨 하게 넘어간다. 예민한 감수성은 여고생의 천성이지만, 십 대 시절을 스스로 만든 우울함에 가두느냐 친구들끼리의 수다에 묻어 버리느냐는 자기 선택이다. 대부분의 여고생들은 발랄해지는 것을 선택한다. 생각이 없어서가 아니라, 하루하루 일어나는 소소한 사건들이 우리를 끊임없이 뛰게 만들기 때문이다. 심장을, 입술을, 다리를.

고등학교와 '등급제'는 뗄 수 없는 관계다. 굳이 설명할 필요가 없는 관계이기도 하다. 가끔은 고등학교에서 '등급'이라는 단어를 제하면 무엇이 남을까 생각한다. '등급'은 '성적순'으로 대체될 것 같지만, 엄밀히 따지면 몇몇 부분에 한해서다. 예를 들어 모의고사 등급은 백 퍼센트 성적순이다. 여기엔 의심의 여지가 없다. 심지어 방과 후 열람실 사용도 성적순으로 자른다. 그러나 인기도는 성적순이 아니다. 때론 성적과 반비례하기도 하다. 전교생이 프로필을 암기하는 남녀 유명 인사들은 대부분 외모와 스타일 순이다. 이 진리는 십 년 전이나 십 년 후나 변함없을 거라 확신한다.

대부분의 아이들은 삼 등급으로 나뉜다. 전교생이 프로필을 암기하고 지나갈 때마다 자신도 모르게 공손하게 길을 비켜주는 유명 인사가 1등급이라면, 여자애들 사이에서 자주 회자되지만 유별나게 튀지 않는 애들은 2등급이다. 나머지, 1등급과 2등급 동급생의 동선에 습관적인 관심을 갖는 애들은 3등급이다. 대부분이 3등급이고 나 역시 3등급이다. 사실 2등급과 3등급의 경계는 모호하다. 누군가에 겐 3등급 인간이 2등급이 될 수도 있으며, 내게 2등급인 인간이 누군가에겐 3등급일 수도 있다. 공식적으로 합의 본 1등급에 비해, 나머지 등급은 개인 취향대로 자리를 옮긴다. 때문에 3등급은 늘 두 부류다. 자신이 3등급이라고 쿨 하게 인정하는 3등급과, 누군가에겐 2등급이리라 은근히 기대하는 3등급. 나는…… 솔직히 후자다.

인기 등급제에 심각한 절망을 느끼거나 패배의식을 느끼는 불쌍한 영혼들은 거의 없다. 드라마를 보는 시청자들이 자신이 주인공이 아니라는 사실에 별 슬픔을 느끼지 못하듯, 나나 친구들도 이 학교를 이루는 평범한 구성원이라는 사실에 서글픔보다는 자부심을, 씁쓸함보다는 즐거움을 느낀다. 우리는 충분히 수다스럽고 요란하며 재미나게 살고 있다.

인간을 인기 등급제로 나눈다는 것이 비도덕적인 잔혹한 처사라는 것쯤은 안다. 그러나 내 또래 아이들은 '등급'이라는 단어에 너무 익숙하며, 삶의 수많은 부분이 등급으로 나누어진다고 해도 그리 큰 문제의식을 느끼지 못하며 살아간다. 나 역시 그렇다. 여기서 말하는 3등급이란 학교 사람들에게 회자되는 정도를 얘기하는 것이다. 그 수준을 나눌 방법이 '등급'밖에 떠오르지 않는 건 내 잘못은 아니라고 생각한다. 우리는 어려서부터 '등급'이라는 단어를 '공부'라는 단어 못지않게 들으며 자라왔다. 어른들의 말에 따르면 그 두 가지는 영원히 비례한다고 한다. 그렇다면 모의고사 3등급짜리인 나는 영원히 3등급짜리 인생을 살게 되는 걸까? 에이, 그런 비관적인 인생관은 꽃다운 청춘에 어울리지 않으니 접어버리는 게 좋겠다.

1등급 아이들은 학교 안에서보다 학교 밖에서 논다. '동네'급으로 유명한 건 물론이고 다른 학교의 유명 인사들과도 친분이 있다. 여자친구나 남자친구도 죄다 다른 학교 애들이다. 학교 축제 때 우리 학교를 찾는 대부분의 타 학교

학생들이 가장 보고 싶어 하는 학생이자, 이상하게도 같은 학교를 다니면서도 얼굴을 보기 힘든 족속들이기도 하다.

우리 학교에서 가장 유명한 여자 1등급은 '임혜령'이다.

나는 임혜령이 말하는 것을 한 번도 본 적 없다. 그 애는 늘 입술을 꾹 다물고 혼자 팔짱을 낀 채 최소 동선을 사용해 움직인다. 북적거리는 매점에 나타나지 않는 건 물론이고 심지어 식당에서도 보기 힘들다. 어떻게 먹지 않고 사는지 알 길이 없다. 가끔 교정에서 마주치는 임혜령은 살아 있는 인간이라기보다 교복 트렌드 홍보 마네킹 같았다.

**올해 유행 스타일을 미리 알려 드립니다.**

임혜령의 머리 위에선 보이지 않는 홍보용 문구가 반짝거린다. 여자애들은 임혜령이 걸치고 다니는 사복과 운동화, 머리띠, 가방 브랜드를 유심히 살핀다. 임혜령은 늘 트렌드를 선도했고, 여자애들은 약속이라도 한 듯 비슷한 디자인이나 같은 브랜드의 물건들을 단체로 구입했다. 작년에 임혜령은 개화기 시대 지식인들이 애용했을 법한 커다란 갈색 테 안경을 끼고 다녔다. 그 후 여자애들은 너나 할 것 없이 웬만한 얼굴형으로는 소화할 수 없는 그 안경을 사들였고, 한동안 학교에선 멍청이처럼 보이는 안경잡이들을 여기저기서 찾아볼 수 있었다. 여고생들의 유행이란 그런 것이다. 임혜령은 수많은 화젯거리를 제공하고 우리는 그

것을 열심히 소비한다. 나는 가끔 임혜령 무리가 고급스러운 회의실에 앉아 회의 하는 모습을 떠올려 본다.

**"올해 여자애들의 수다거리는 크게 세 챕터로 나누는 게 좋겠어. 나의 대학생 남자친구, 내가 새로 유행시킬 체육복 스타일, 나의 비밀스러운 나이트 라이프. 어때?"**

B급 영화에니 나올 법한 싱상이지만, 난 진짜 이럴 수도 있겠다고 생각한다. 어느 학교에나 임혜령 같은 생산자들이 있고, 나 같은 소비자들이 있다. 어쩌면 입시 경쟁에 피말리는 학생들에게 그 나이다운 학교 생활을 제공하기 위해, 정부에서 고용한 수다거리 공급 부서 사람들일지도 모른다. 친한 친구가 되지 않는 이상, 1등급 아이들의 사생활은 늘 베일에 싸여 있고 루머만 무성하다.

언젠가 언니와도 이런 얘기를 한 적 있었다. 언니는 무슨 말인지 알겠다면서 이렇게 얘기했다.

"내가 학교 다닐 때도 그런 애들 있었어. 그중 하나를 얼마 전에 백화점에서 만났는데, 지하 1층 가전 코너에서 평면 TV 팔고 있더라."

"수다거리 공급 부서에서 해고당했나 보다."

"그치. 그 부서 자격 조건은 스무 살을 기점으로 또 많이 달라지거든."

관심남의 성격을 파악하는 방법은 간단하다. 일촌을 맺으면 된다. 미니홈피는 완벽한 개인 취향의 반영이다. 배경음악, 미니 룸, 미니미, 폴더 정리가 그 사람의 성격과 기호를 정의한다. 한 달에 몇 만 원씩 미니홈피에 쏟아 붓는 애치고 외모 관리에 목숨 걸지 않는 애가 없으며, 잡초로 뒤덮인 잔디처럼 무성의하게 방치해두는 애치고 무심하지 않은 애가 없다. 나는 나만의 독특한 미니홈피를 탄생시키기 위해 컴퓨터 앞에서 반나절을 보내진 않지만, 가장 인기 있는 스킨과 노래만큼은 피한다. 'Nobody'나 'Gee' 같은 노래는 절대로 사지 않는다. 그게 나란 인간이다.

맷의 미니홈피 배경음악은 '제이 지'란 가수의 음악으로, 천천히 말해도 한마디도 알아들을 수 없는 랩이었다. 검은 배경에 '블링블링' 네 글자가 네온사인처럼 번쩍거렸고 미니미는 전형적인 힙합 전사였다. 홈페이지 상단엔 'Peace!'가 적혀 있다. 이 세 가지만 보았는데도 단번에 맷의 성격이 파악되었다. 맷은 개성이 강하고 화려한 것을 좋아한다. 아메리칸 스타일의 신봉자란 걸 말할 필요도 없다.

'Roll Model'이란 폴더에는 제이 지, 피 디디, 크리스 브라운, 투 팍, 칸예 웨스트, 50센트 같은 힙합 가수들 사진이

가득했다. 모두 조폭 일을 겸업하는 투잡족 같은 인상이라고 생각했다. 나는 힙합 가수에 대해선 잘 모른다. 외국 가수라면 비욘세나 브리트니 스피어스, 푸시캣 돌즈 정도다. 이 미니홈피에서 들려오는, 왠지 발을 초조하게 구르게 만드는 힙합 음악은 평소에 전혀 듣지 않는다. 맷은 나와 취향이 전혀 달랐다.

맷의 개인 사진첩에는 뉴욕에서 찍은 사진들로 넘쳐났다. 타임스퀘어처럼 영화에서만 보던 장소 앞에서 멋있게 포즈를 취한 맷이 멋지게 보이기도 했다. 물론 평범한 대한민국 남자 고등학생이라는 증거로 화장실 거울 앞에서 웃통을 벗고 찍은 사진도 몇 장 있었다.

―보고 있어?

"응. 성격 좋은 거 같은데?"

―레이디스 앤 젠틀맨 폴더 봤어?

"거기까진 아직 안 봤는데, 왜?"

―예쁜 애들 사진 완전 깔렸는데?

"진짜?"

맷의 미니홈피 첫 탐방은 마리아와 동시에 이루어졌다. 핸드폰을 반대 손으로 쥐고 당장 '레이디스 앤 젠틀맨' 폴더로 넘어갔다. 길고 거창한 폴더 속엔 맷의 친구들 사진 행렬이 이어졌다.

"야, 잠깐만! 유나한테 전화 왔어. 좀만 기다려. 유나야?"

—야, 여자애들 사진 봤어?

"지금 보고 있어!"

유나의 흥분된 목소리가 내 불안의 싹을 단숨에 움트게 했다. 맷에겐 여자 친구들이 압도적으로 많았다. 그것도 예쁘고 섹시한 여자 친구들이! 배를 드러내고 피어싱을 한, 난 상상도 못할 패션으로 휘감은 여자애들이 클럽 앞에서 요염한 포즈를 취하고 있었다. 나는 핸드폰으로 얼짱 각도를 잡아 수십 장의 사진을 찍고 그중 한 장을 건져 뽀샤시 효과와 로모 효과를 줘야지만 연예인 비슷하게 생겼다는 얘기를 듣는 레벨인 반면, 이 여자애들은 겁 없이 디지털 카메라 렌즈에 얼굴을 들이밀었다. 진짜 미인과 미인이 되고 싶은 여자애들의 가장 큰 차이점이다.

—애네 완전 날라리 아니야? 옷 입은 거 봐! 천박하게 이게 뭐냐?

"미국 유학생들 아니야?"

—야, 여기 홍대야! 오른쪽 뒤로 수 노래방 건물 안 보여?

"아 씨, 짜증 나. 그럼 평소에 이런 애들이랑 논다는 얘기잖아?"

—헉, 2페이지에 '송지혜' 아니야?

"금림여고 얼짱 송지혜? 걔랑 아는 사이야? 잠깐만!"

통화 버튼을 눌러 다시 마리아로 연결했다.

"야, 얘 송지혜랑도 아는 사이래!"

―어, 사진 보고 있어. 리플 봤어? '지혜~ 빨리 보자~!' 완전 친한가 본데?

"아, 뭐야. 이런 여자애들이랑 노는데 내가 어떻게 밑밥 던져?"

―야, 누구나 화장하고 차려입으면 이 정도는 돼.

"몸매가 너무 다르잖아. 복근이 완전 이효리야……. 아, 다이어트 할래!"

―우리 진짜 다이어트 하자, 제발! 나 G마켓에서 산 프리사이즈 티셔츠가 작아!

"난 쌍까풀……."

언제나 그렇듯 독하게 다이어트 하고, 대학 가면 성형해서 예뻐지자는 얘기로 마무리하고 통화를 끊었다. 그 후로 십 분 정도 맷의 미니홈피를 더 둘러보았다. 이상하게도 내 취향과 정반대인 그 애의 세상을 훔쳐볼수록, 맷에게 관심을 넘어선 심각한 호감이 생겼다. 예쁜 여자애들과 친하고 난생 처음 들어본 가수들의 음악을 찬양하는 것도 왠지 멋있었다. 무엇보다, 맷과 사귀게 되면 내가 전혀 몰랐던 세상을 알게 될 것 같았다. 위험하면서도 짜릿한 그런 세계

말이다. 엠파이어스테이트 빌딩과 제이 지, 왠지 한국과 거리가 멀어 보이는 패션이 나를 다른 세계로 데려가 줄까?

나는 일단 '음악' 코너로 가서 새 배경음악을 샀다. 팝송 코너로 들어가 알지도 못하는 가수들 노래를 미리듣기 하다가, 그나마 내 스타일인 노래에 도토리를 지불했다. 섹시한 여가수의 baby 타령을 듣고 있자니 내 미니홈피가 조금 세련되어진 것 같기도 했다. 내 개인 사진첩 폴더에 가장 예쁘게 나온 핸드폰 셀카를 몇 장 올리고 친구 미니홈피에서 사랑에 관한 그럴듯한 이론이 적힌 글도 퍼와 '소녀감성' 폴더에 올렸다. 그러고 나서야 맷에게 일촌신청을 했다.

내 친구 유나에게 남자친구의 미니홈피란 고대 유적 발굴지와도 같다. 유나는 남자친구의 일촌평과 사진첩, 히스토리를 파고 파고 또 파헤친다. 파도 탄다는 표현이 더 적당하겠다. 그렇게 해서 발굴된 유적들이란 하나같이 처치 곤란한 골동품에 가깝다. 나보다 전 여자친구가 훨씬 예쁘다는 사실, 아직도 전 여자친구의 친구들과 어울려 다닌다는 사실, '오빠'라고 부르며 쫓아다니는 후배들이 유난히 많다는 사실 등등……. 난 이러지도 저러지도 못하는 골동품을 끌어안고 괴로워하는 유나를 이해하지 못했다. 유나는 남자친구의 댓글 한 줄로 추리 소설을 지어낼 수 있는 광활한 상상력의 소유자였다. 그 모습을 늘 곁에서 지켜봐

68

온 영향인지, 실제로 목격하지도 않은 장면들이 내 머릿속을 엉망으로 만들었다.

맷이 내 눈앞에서 섹시한 클럽 스타일 여자애들에게 둘러싸여 있었다. 나는 무릎을 덮는 길고 펑퍼짐한 교복 치마를 입고 있었고, 그 여자애들은 내 교복을 비웃으며 보란 듯이 맷을 끌어안았다. 거기까지 생각했을 때, 네이트온에서 대화창이 열렸다. 놀랍게도 맷이었다.

「뭐해?」

「학원 숙제. 넌?」

「나 지금 네 미니홈피 구경하고 있어.」

마지막으로 올린 핸드폰 사진이 어떤 거였는지 기억해내려 했지만 도무지 떠오르지가 않는다.

「네 배경음악 마이 페이버릿이야.」

「진짜? 나 이 노래 넘 좋아해.」

오늘 처음 들었다.

「랩 좋아해?」

「응.^^」

랩이라면 먹다 만 음식을 덮는 그 '랩'밖에 모른다. 이런저런 가식적인 대답들은 맷에 대한 나의 관심과 욕심을 확인시켜 주었다.

「소현이 너 무슨 부서야?」

「난 그냥 서울 문화 탐방부. 2주일에 한 번씩 근처로 나가.」

말 그대로 2주일에 한 번씩 서울 문화를 탐방하는 부서다. 쉬운 말로 하면 '오디션 낙방 떨거지들의 부서'다.

나와 마리아와 유나는 원래 댄스부 오디션을 봤었다. 1학년 새 학기 때 대강당에서 동아리 소개식이 열린 적 있다. 우리 셋은 '푸시캣 돌즈 메들리'에 맞춰 허리와 골반을 흔들던 언니들에게 완전히 홀려버렸다. 일 년에 단 한 번만이라도 그런 스포트라이트를 받으며 섹시한 의상을 입고 모두의 집중을 받을 수 있다면, 통나무로 만든 내 몸에 기꺼이 근육 이완제를 맞을 수 있었다.

결과는 참담했다. 우리 셋은 처음 들어보는 팝송이 흘러나오는 내내 오른발, 왼발 스텝을 찍어가며 박수만 치고 있었다. 선배들은 암울한 오로라를 방출하는 우리 대신 바로 옆에서 신나게 목을 꺾던 임혜령 무리를 간택했다. (임혜령 년은 춤도 잘 춘다. 암만 생각해도 정부에서 고용한 게 틀림없다.)

오디션이 끝났을 땐 이미 다른 부서 모집이 모두 끝나 있었다. 마치 멍청한 입시생이 된 기분이었다. 성적에 안 맞게 상향 지원을 했다가 결국 원치 않던 전문대 합격 발표만을 기다려야 하는 신세. 우리는 '코리아 타임즈 해독' 부서와 '십자수' 부서만큼은 피해 볼 심산으로 재빠르게 서울 문화 탐방부에 지원했다. 그런데 그건 왜 물어보는 걸까? 내게 관심이 생겨서?

「넌 어디 들 거야? 이번 주까진 정해야 할 텐데.」

「원래는 밴드부 오디션 보려고 했는데, 힙합 부서 들려고.」

「힙합? 우리 학교에 랩 하는 애들이 있어?」

「없더라. 그래서 내가 만들려고. 찾아보니까 하고 싶어 하는 애들 꽤 있던데?」

헉, 동아리를 만든다고?

난 동아리를 만드는 건 실존했는지 확인할 수 없는 고전 속 선배들이나 할 수 있는 일이라고 생각해 왔다. 당당하게 새 동아리를 창설하고 기꺼이 회장이 되어 주겠다는 맷의 포부를 듣자, 다시 내 심장이 방망이질을 하기 시작했다.

「이번 주 금요일에 수업 끝나고 지원자들 오디션 볼 건데 너도 와라.^^」

「나도 가도 돼?」

「당연하지.^^」

문득, 맷의 이런 친절한 초대를 받은 여자애들이 몇 명이나 될까 생각했다. 맷은 화려한 것을 좋아하고 주목받는 것을 즐긴다. 아는 여자애들을 잔뜩 불러 그 앞에서 폼을 재고 싶은 건지도 모른다. 난 의자왕의 삼천 궁녀 꼴은 절대 되고 싶지 않다.

「누구누구 가는데?」

「너한테만 얘기한 거야, 바보야⋯⋯⋯⋯⋯⋯.^^」

남자애가 쪽지나 문자에 점을 많이 찍으면 한 가지 의미다. 속뜻이 있다는 것을 알아달라는 얘기다.

「내일 보자, 김소현!」

맷은 그 쪽지를 마지막으로 대화창을 나가버렸다. **너한테 만 얘기한 거야, 바보야⋯⋯⋯⋯⋯⋯**. 그 한 줄을 뚫어지게 쳐다보았다. 마리아와 유나가 그렇게 운운하던, 나도 살면서 수십 번 느꼈던 그것이 찾아왔다. 사주보다 정확하고 과학보다 명쾌하다는 그것, **여자의 직감!**

우리 사이의 관심이 일방통행이 아닌 쌍방향일지도 모른다는 확신의 퍼센티지가 순식간에 치솟았다. 마음속 저 깊은 곳에서부터 종소리가 울려 퍼졌다. 이번에는 의심의 여지 없는 '진짜'였다.

나와 유나, 마리아는 학교 곳곳에 붙은 '힙합 슬레이브' 오디션 공지를 올려다보았다. 뜻대로 풀이하자면 '힙합의 노예' 정도가 되겠다. 국적 불명의 래퍼들 사진 가운데 '음악을 즐기는 자, 힙합을 사랑하는 자, 자유를 갈망하는 자여, 오라!'는 문구가 고딕체로 박혀 있다. 이렇게 성의 없는 공지문을 띄울 줄 알았으면 포토샵의 기술적인 부분으로 맷을 도와줄 걸 그랬다. 요즘은 '이미지의 시대'다. 부서의 정체성이 어떻든 간에, 이렇게 니자인이 허접한 공지문은 누구에게도 어필할 수 없다. 나는 한숨을 쉬고 공지문 한 장을 뗐다.

"이거…… 축제 때도 공연하는 건가?"

"만들어지면 하겠지. 지금 같아선 불가능할지도 모르겠다. 이런 공지문을 보고 누가 가고 싶겠냐."

"왜? 난 가보고 싶은데."

유나가 말이 끝나기 무섭게 딸기 우유를 쪽 빨았다. 나와 마리아는 못 들은 척 헛기침을 했다. 유나의 저 조신하고 참한 목소리 속에 불길한 무언가가 숨어 있었다.

"여기 봐. '대중 힙합'이라고 적혀 있잖아."

"……."

"에픽하이나 엠씨 몽 노래 같은 거면, 우리도 부를 수 있지 않아?"

"우리도? 여기서 '우리'가 왜 나와?"

그제야 유나의 의중을 정확하게 파악할 수 있었다.

"우리, 여기로 부서 옮기지 않을래?"

나와 마리아는 서로 시선을 교환했다. 그리고 그녀의 손에 들린 딸기 우유를 바라보았다. 작년에 우리 학교에는 '딸기 우유를 마시면 가슴이 커진다'는 속설이 떠돌았다. 우리 반에 그 속설을 가장 먼저 퍼뜨린 인간이 바로 나였다. 말도 안 된다며 깔깔대는 마리아와 달리, 유나는 조용히 내 말을 경청했다. 유나는 그날 이후 오늘까지 딸기 우유만 마신다. 김유나. 그녀는 '황당한 것'에 쉽게 현혹되는 친구였다. 하지만 이건 아니다. 딸기 우유야 혼자 마시고 소화시키면 그만이지만, 공연 부서는 단체 활동이다. 속하는 즉시 어느 한 가지 목표를 향해 매진해야만 하는 것이다. 그것은 곧 축제였다. 축제 때 무대에 선다는 건, 나로서는 한 번도 상상한 적 없는 일이었다. 아니, 정확히 말하면 상상은 자주 하지만 당연히 상상으로만 끝나리라 믿어 의심치 않았다.

"설마 너, 진짜 전교생 앞에서 힙합을 하고 싶다는 거야?"

"우리 댄스부 오디션 봤다가 떨어진 거 기억 안 나? 너네도 무대 서고 싶어 했잖아."

"섹시한 옷 입고 춤추는 거랑 힙합 바지 입고 랩 부르는 거랑 똑같아?"

"힙합은 자유야. 꼭 의상 갖춰 입고 할 필요 없어."

우리 중 가장 얌전하고 말수 없는 유나는, 가끔 이렇게 골 때리는 발언으로 나와 마리아를 황당하게 만들었다. 속을 알 수 없는 친구가 예고 없이 작정하고 속을 보여줄 때는 어떻게 반응해야 하는지 모르겠다. 갑자기 댄스부 오디션을 보던 유나의 모습이 떠올랐다. 춤이라곤 포크댄스밖에 못 출 것 같이 생긴 유나는, 입술을 꾹 다물고 우리 중 가장 열심히 허리를 흔들어 댔었다.

"꼭 랩을 할 필요는 없잖아. 랩을 작사할 수도 있는 거고, 공연 준비를 도와줄 수도 있는 거고……."

"야, 넌 랩이랑 진짜 안 어울려."

"……나도 알아."

유나는 약간 자존심 상한 얼굴로 입술을 다물었다.

"난 그냥, 재미있게 살고 싶어서 그래. 우리 작년 축제 때 기억 안 나? 카페 차리고 자몽 주스 세 잔 팔았잖아."

유나의 한마디는 가장 떠올리고 싶지 않은 '작년 그날'을 떠올리게 했다. 열의라고는 눈곱만치도 찾아볼 수 없는 사람들로 뭉친 우리 부서는, 정성이라고는 눈곱만치도 찾아볼 수 없는 샌드위치와 주스를 팔았다. 다른 부서 애들은 최소한의 의상과 최소한의 주방 도구를 갖춰 카페를 열었다. 바니 머리띠를 쓴 여자애들이 귀여운 목소리로 카페를 홍보할 때, 우린 세상에 넌더리 난 인간의 눈빛으로 시계바늘을 노려보았다. 작년 축제에서, 우린 정확히 '우리 외엔 우리 존재를 증명할 수 없는 인간들'이었다. 모두가 골반 빠지도록 돌아다니는 축제날, 우중충한 카페를 지키는 일은 내 나이에 겪을 수 있는 지옥의 최절정이었다. 유나는 몸서리를 치는 나와 마리아를 좀 더 적극적으로 설득했다.

"우리, 내년이면 고3이야."

마리아는 그 말에 긴 한숨을 섞었다. 나는 점점 더 자신이 없어졌다.

"난 이렇게 살다 죽기 싫어."

"잠깐만, 뭐가 그렇게 거창해져? 우리가 사는 게 뭐 어때서?"

"너무 지긋지긋해."

유나는 내가 차마 말 못했던 그 불만을 대놓고 털어놓았다. "너무 지긋지긋해." 나는 학창시절 내내 그 사실을 외면해 왔다.

"하루가 멀다 하고 남자친구랑 싸우는 것도 짜증나고, 특별한 사건 하나 없이 일 년을 흐지부지 보내는 것도 지겨워. 나…… 어디론가 도망치고 싶다. 너흰 그런 생각 안 해 봤어?"

유나의 솔직한 고백은 나의 학창시절을 다시 돌아보게

했다.

나는 한 번도 내 학창시절에 대해 불만을 품어본 적이 없다. 너무나 마음에 드는 완벽한 그림이어서가 아니다. 불평하는 즉시 나의 아름다운 십 대 시절이 형편없어질지도 모른다는 불안감에서였다. 나는 왜 이따위로 재미없게 사느냐고 솔직하게 불평하는 것보나, 내 삶의 소소한 즐거움을 되뇌며 스스로 윤을 내는 편이 훨씬 나았다. 거의 모두가 나와 같다. 비비크림과 박은 치마, 겉보기엔 산발 같지만 우리 딴으로는 공들여 만든 헤어스타일에 집착하며 소심하게 멋 부리는 것에 목숨을 건다. 나에겐 별다른 사건이 터지지 않는데 주변 사람들에겐 쉴 새 없이 소소한 사건들이 터진다. 내 얘기는 떠들지 않으면서 남 얘기는 떠든다. 어디선가 내 얘기가 들려오지 않을까 집중하지만 주인공은 늘 타인이다. 거의 모두가 주변인물로 살아가는 일상에 익숙해졌고, 그것을 즐거워했다.

그러나 유나는 대놓고 그 일상이 마음에 들지 않는다며, 특별한 사건을 일으키고 싶다고 말하는 것이다. 그것은 아주 쉬워 보이지만 반대로 어려운 일이었다. 그리고 주변인물로서의 삶에 만족하고 있는 사람들을 당황스럽게 만드는 발언이기도 했다.

"난, 그냥, 좀……."

유나는 한 글자 한 글자에 한숨을 담아 툭툭 던졌다.

"내 고등학생 시절의 대표적인 날을 만들고 싶을 뿐이야."

진지한 마리아의 얼굴을 보면서, 유나의 설득이 성공했음을 깨달았다.

"그날이 올 때까지, 무언가에 한번 빠져서 집중해 보고 싶은 거라고."

나는 오래전에 그 꿈을 접었다. 댄스부 오디션에서 떨어졌을 때. 그러나 크게 속상하거나 자존심에 상처를 입진 않았다. 상대가 임혜령이었기 때문이다. 사실 임혜령과 같이 오디션을 본다는 것을 깨달은 그 순간부터, 나는 최선을 다할 생각조차 하지 않았다. 안 되는 건 안 되는 거다. 내가 살고 있는 세상에서는 빠른 체념이 행복의 조건이다. 어쩌면 나의 행복한 학창시절의 이면에 수억 개의 포기가 묻혀 있진 않을까 생각할 찰나, 유나는 내가 질 수밖에 없는 그 말로 쐐기를 박았다.

"그리고 소현이 넌 맷을 좋아하잖아."

그렇게 해서 우린, 네 시간 후 다 함께 '힙합의 노예들'이 되기 위해 오디션이 열리는 음악실로 향했다.

'힙합 슬레이브' 오디션은 4시부터 음악실에서 이루어질 예정이었다. 과거형으로 얘기하는 까닭은 이루어지지 않았기 때문이다. 우리를 제외한 지원자가 세 명밖에 되지 않았기 때문에 오디션이고 자시고 할 필요가 없었다. 초대 멤버는 맷을 비롯한 우리 반 아이들 네 명이었다. 초창기 멤버로 네 명이라면 비루한 숫자긴 하다. 나머지 세 명은 각자 속해 있던 부서를 탈퇴하고 새 부서를 창립하는 열의를 보였지만, 예상보다 지원자가 적다는 사실에 크게 실망한 듯했다.

"부서 최소 학생 수가 열 명인데요."

힙합보다는 트로트가 어울리게 생긴 남자 후배가 웅얼거렸다.

"그래 봤자 세 명 차이잖아."

맷은 상관없다는 얼굴로 쾌활하게 대답했다.

"학주가 되게 떨떠름한 표정이던데, 꼬투리 잡고 없애버릴지도 몰라요."

"이 선배도 같이하는 거 아니에요?"

힙합보다는 발라드가 어울리게 생긴 여자 후배가 나를 가리켰다. 나는 차마 대답하지 못하고 우물쭈물했다. 걷는 것도 어딘가 리듬을 타는 듯한, 평범해 보이면서도 한편으론 자기만의 세계에 갇힌 듯 보이는 이 아이들과 한 배를 타겠다는 말이 쉽게 나오지 않았다. 그때 유나가 나섰다.

"우리도 이 부서로 옮기고 싶어서 왔어."

"정말이야?"

맷이 반색하며 의자에서 일어섰다. 우리까지 합치면 정확히 열 명이다. 강제 폐쇄는 면할 수 있었다.

"잘됐다! 안 그래도 여자애들이 좀 더 많았으면 했거든!"

맷은 내가 아닌 유나를 바라보며 얘기했다. 유나가 우리의 의사를 전달했으니 당연한 일이겠지만, 분명 '우리'라고 했는데. 오늘 아침부터 나와 문자로 속마음의 힌트를 주고받았던 맷이 내 친구에게 살갑게 대하는 모습이 왠지 싫었다. 상대가 유나이기 때문일까? '민재 사건' 이후로 내가 유나에게 남자 문제에 있어 약간의 열등감을 갖고 있다는 건 인정하겠다.

"축제 때 정통 힙합 공연만 하진 않을 거야. 여자 코러스 들어가는 대중 힙합 곡들 위주로 할 거거든. 물론 랩 배틀 같은 것도 할 생각이고."

"재밌겠다. 혹시 에픽하이의 '원' 같은 곡들도 하는 거야?"

"원한다면. 들어보니까 목소리가 잘 어울릴 거 같다."

"난 랩은 못하지만 그 정도 코러스는 할 수 있어. 솔직히 말한다면 우리 셋 다 힙합에는 별 관심 없어. 그래도 괜찮아?"

"당연하지. 처음부터 랩을 잘하는 사람만 뽑을 생각은 아니었어. 그냥 좋아하고 즐기면 되는 거지."

우리를 제외한 지원자 셋도 오디션 없이 자동으로 합격되었다. 지금으로선 오디션은 고사하고 제발 마음을 돌리지 말라며 애원이라도 해야 할 판이다. 다행히 나머지 셋은 진심으로 랩을 좋아하는, 이 학교 구석 어딘가에 숨어 있던 힙합 마니아들이었다. 전혀 몰랐던 사이였다가 갑작스럽게 신생 부서의 선원이 된 아이들은 벌써부터 항해할 미지의 세계에 대해 열성적으로 떠들었다.

나는 과연 내가 실제로 무대에 올라가 '힙합'을 부를 수 있을지 진지하게 검토했다. 대부분의 여자애들은 조PD의 '친구여'를 부를 때 인순이 부분을 부르지 조PD 부분을 부르진 않는다. 남자친구와 노래방에 갔을 때 '프리티 걸'이나 'Gee'를 부르지 드렁큰 타이거나 다이나믹 듀오의 노래를 선곡하지 않는다.

여자애들에게 힙합은 그렇다. 물론 윤미래처럼 멋진 래퍼가 될 수도 있겠지만, 그건 윤미래니까 가능한 거다. 대부분의 나 같은 여자애들은 아무리 스포트라이트 받을 수 있는 기회가 있다고 해도 남자애들 앞에서 '푸처 핸섭'을 외치진 않는다. 쪽팔리기 때문이다. 나는 지금 전교생 앞에서 내가 쪽팔린다고 생각하는 짓을 할 위기에 처해 있었다. 정신이 번쩍 들었다. "우리, 내년이면 고3이야"로 시작되는 유나의 감언이설에 속아 말도 안 되는 래퍼의 세계를 두드리다니.

그렇다고 이제 와서 난 여기서 빠지겠다고 두 손을 들 수도 없었다. 나는 이도 저도 선택할 수 없는 상황에 처해버렸다. 이 상황을 유연하게 벗어나는 길은 한 가지뿐이었다. 맷과 내 친구들이 '소현이 네가 없으면 안 돼!' 하며 최선을 다해 나를 설득시켜 주는 일. 그렇게 해준다면 나는 어쩔 수 없다는 듯 넘어가 줄 수 있었다. 원래 무엇을 선택해야 할지 모르는 사람들에게는 타인의 설득이 필요한 법이다. 양쪽에서 출발하는 기차 사이에서 방황할 때는 누군가 내 옷을 잡아끌고 아무 기차에라도 올라타 주길 바란다. 방향이 어찌 됐건 상관없다. 기차는 어디로든 달리게 되어 있으니까.

"그럼, 다들 하기로 하는 거지?"

민재가 정확히 열 명인 부원들을 둘러보며 구두 계약을 확인했다. 나를 제외한 모두가 고개를 끄덕였다. 그 순간 맷과 눈이 마주쳤고, 나는 엉겁결에 고개를 끄덕였다.

어쩔 수 없다. 나는 이미 기차에 올라탔다. '힙합의 노예들'이란 간판을 단, 내가 전혀 원하지도 않았고 예상하지도 못했던 기차가 경적을 올리며 바퀴를 굴리기 시작했다.

나는 한 번도 '친구 문제'에 얽혀본 적이 없다. 여자애들은 일생에 최소한 한 번쯤은 거쳐 간다는 '여자들과의 전투' 말이다. 물론 내 주위에 그런 일들이 전혀 없었던 것은 아니다. 여자아이들은 늘 싸우고, 왕따를 시키고, 화해를 하고, 또 다른 애를 왕따 시켰다. 이유도 가지각색이다. 누구는 암내가 난다는 이유로 왕따를 당했으며 누구는 너무 잘사는 척을 한다고 해서 왕따를 당했다. 남자애들 앞에서 눈웃음치고 다니는 애는 이유 불문하고 견제 리스트 영순위였으며 옷을 너무 못 입거나 튀게 입어도 좋은 소리를 듣지 못했다.

나는 한 번도 왕따를 당한 적은 없다. 그러나 자주 왕따 시키는 주동 무리의 일원이었다. 내가 못된 비치(Bitch)라서가 아니다. 가끔은 우정을 견고히 하는 일에 누군가를 희생시켜야만 하는 순간이 오기 때문이다. 내가 목격한 가장 심한 왕따는 중학교 3학년 때 같은 반이었던 '영주'라는 아이였다. 영주가 왕따를 당한 이유는 내 친구의 남자친구가 영주를 좋아하게 되었기 때문이다. 영주가 뒤에서 꼬리를 쳤는지 어쨌는지 밝혀진 바는 없었다. 그러나 임자 있는 남자애가 좋아한다는 이유만으로, 영주는 전교적으로 '걸레년' 소리를 듣게 되었다. 영주는 결국 전학을 갔고 내 친구는 남자친구와 헤어졌다. 사건의 당사자인 셋 중 승자는 아무도 없었다. 굳이 승자를 가리자면, 영주를 왕따 시키면서 신명나는 학교생활을 보냈던 우리들이었다.

사실 난 그때 영주가 왜 그렇게 심한 소리를 들어야 하는지 이해할 수 없었다. 여자친구 있는 남자애가 다른 여자애를 좋아하게 되는 건 어쩔 수 없는 일이다. 잘못은 오히려 한눈을 판 그 남자애에게 있었다. 그러나 여자애들은 남자애들을 왕따 시킬 수 없다. 사는 세계가 다르기 때문이다. 분노한 내 친구를 위한 희생자로 영주가 선택되었다. 나는 그때 이 세상에 남자를 위해 희생당하는 여자가 도처에 널려 있다는 사실을 깨달았다.

난 속으로 영주를 옹호해 주고 싶었지만 그럴 수 없었다. 나는 '여자애'이기 때문이다. 여자애들은 개개인으로 움직이지 않는다. 무리로 움직인다. 대학에 가고 어른이 되면 어떻게 변할지 모르겠지만, 어쨌든 학창시절에는 그렇다. 물론 무리 안에도 개성이 있고 의견이 있다. 그러나 그 무리의 성격을 규정하는 것은 결국 한두 명이다. 그때 우리

무리를 규정했던 건 영주에게 남자친구를 빼앗긴 내 친구였다. 어느 한 명의 질투심에 유치한 우정이 결합되면, 세상 그 누구도 말릴 수 없는 여고생의 집단 따돌림이 시작된다. 그건 너무 가차 없고 독해서, 사실 그 안에 속해 있던 난 '못된 여자애들 무리'에서 도망치고만 싶었다. 그건 별로 좋지 않은 기억이다.

그러나 지금은 영주를 그렇게나 싫어했던 내 친구의 마음이 아주 조금, 정말 조금 이해가 되었다. 믿지 못할 일이었다. 나는 나의 가장 친한 친구 유나를 보면서 질투를 경험하고 있었다.

**"어둠 속을 걷고 있을 때, 내게 손을 건네준 그대!"**

유나는 평소에 노래방을 싫어했다. 노래방 특유의 쾨쾨한 냄새와 음침한 분위기에 진저리를 쳤다. 물론 요즘은 실내 정원에 럭셔리한 룸을 갖춘 초호화 노래방들이 판을 치지만, 우리는 돈 없는 학생답게 한 시간에 팔천 원하는 저렴한 동네 노래방으로 들어갔다. 유나는 노래방에 들어오자마자 마이크를 놓지 않았다. 끊임없이 선곡을 하고 노래를 부르는 유나는 마치 다른 사람 같았다. 나와 마리아는 시선을 교환하며 말없이 노래방 책자를 넘겼다.

"쟤 요즘 무슨 일 있어?"

"몰라."

나는 시큰둥하게 고개를 저었다. 유나는 성량이 풍부하고 음색이 투명했다. 내 친구가 노래를 이렇게 잘하는지 처음 알았다. 남자애들은 유나의 노래가 끝날 때마다 박수를 쳤다. 그 열렬한 팬클럽 중에는 물론 맷도 끼어 있었다.

"축제 때 아마 여덟 곡 정도 부를 거야. 네가 두 곡 정도 부르면 되겠다. MC스나이퍼의 'BK LOVE'도 괜찮고, 넬리의 '딜레마'는 어때? 외국곡이긴 하지만 여성 보컬 쪽은 가사가 쉬운 편이야."

"응, 나도 그 노래 좋아해."

노래들을 모르는 나는 그들의 대화에 도통 끼어들 수가 없었다. 맷은 완전히 들떠 있었다. 유나의 목소리가 남자 래퍼들의 목소리와 잘 어울린다며 쉴 새 없이 곡목을 늘어놓았다. 유나는 이미 '힙합의 노예들'의 뮤즈였다. 나는 내가 도대체 왜 여기 있어야 하는지 알 수 없었다. 유나에게 감탄하는 맷의 얼굴을 볼 때마다, 이상하게 속이 꼬여왔다. 벽지에 담배 냄새 찌든 이 음침한 노래방에서 홀로 고고한 오라를 방출하고 있는 사람은 유나뿐이었다. 나머지는 모두 평범했다. 정체불명의 부서에 지원한 세 명의 신입생들은 모두 자기만의 세계에서 살고 있는 것 같았다. 그나마 여자애가 '윤미래'의 랩을 그럴듯하게 열창했을 뿐이고, 나머지 남자애들은 웅장한 힙합 곡을 선곡하고는 영어 가사

아래 발음 고대로 적힌 한글을 따라 읊느라 정신이 없었다. 이 실력들로 무대에 서겠다고? 점점 더 자신이 없어졌다.

"나, 아무래도 안 되겠어."

그 답답함은 투정으로 나타났다. 모두가 마이크를 내려놓고 나를 쳐다보았다. 갑작스러운 집중은 날 주인공으로 만들어 주었다.

"무슨 소리야?"

"마리아나 유나는 그렇다 처도, 난 랩에도 흥미 없고 노래도 별로야. 무대에 서는 건 그만둘래."

"왜? 방금 잘 불렀잖아!"

잘 불렀다. 하지만 부르면서 알았다. 나는 이 평범한 노래 실력을 가지고 공연이랍시고 무대에 올라 전교생을 바라볼 자신이 없다. 고등학교 축제가 '장기자랑' 수준을 벗어난 건 억만 년 전 이야기다. 임혜령이 속한 댄스부는 프로 백댄서 못지않고 꽃미남 선배들이 속한 밴드부는 우리학교의 간판이다. 그들이 장악하는 무대 가운데 뜬금없이 나타난, 유명한 애들이라곤 하나 없으면서 대중 힙합이랍시고 가요를 불러대는 정체성이 불명한 부서의 멤버로 친구들의 시선을 받을 자신이 없었다. 관객이 없으면? 호응이 없으면? 아무도 노래를 따라 부르지 않는 가운데 땀을 흘리며 박수를 유도하는 모습은 생각만 해도 몸서리가 쳐졌다.

"다른 여러 가지로 도와줄 일이 많을 거야. 홍보 포스터 제작도 그렇고, 무대 소품이나 마이크도 누군가는 챙겨줘야 하잖아. 매니저 몰라, 매니저?"

"하지만 난 너랑 같이 무대에 서보고 싶었는데……."

난 어깨를 으쓱하고 유나와 마리아를 가리켰다.

"힙합 부서에 여자 보컬이 셋이나 필요하진 않잖아."

맷은 아쉽다는 얼굴로 가벼운 한숨을 쉬었다. 그렇게 해서 나는 '오합지졸의 패자부활전' 같은 분위기의 무대에서 가까스로 탈출했다. 비겁하다고 생각하지만 어쩔 수 없다. 얼마나 나대고 싶었으면 저런 말도 안 되는 공연을 하느냐며 뒤에서 수근거릴 여자애들을 견디느니, 뒷담화의 최전방에서 발을 빼는 편을 택하겠다.

유나는 조용히 노래방 책자만 넘기고 있었다. 저 애가 무슨 생각을 하는지 모르겠다. 유나는 한 번도 튀고 싶어서 무언가에 적극적으로 참여한 적이 없었다. 유나의 선한 얼굴에서는 '용기'나 '도전' 대신 '순응'과 '대세'가 엿보였다. 혹시 유나의 진정한 매력은 저런 예측 불가능한 행동이 아닐까? 나는 끊임없이 맷이 유나에게 매력을 느끼진 않을까 걱정하고 있었다. 언제쯤 이 음침한 노래방을 벗어날 수 있을지 고민하고 있는데 맷이 소리 없이 내 곁에 앉았다.

"이번 주말에 뭐해?"

"별 계획 없는데……. 왜?"

"나랑 영화 보러 갈래?"

나도 모르게 눈을 크게 뜨고 맷을 바라보았다. 이런 갑작스러운 데이트 신청은 예상조차 못했다!

"어…… 그래. 어디로 갈까?"

"코엑스가 제일 만만하지 않아?"

"그러자. 그런데 거기 사람 진짜 많을 텐데."

"사람 구경하는 재미도 있는 거지."

"그렇긴 해."

"내가 표 예매하고 근처 맛집 어디 있나 알아볼게."

맷이 씩 웃으며 반쯤 남아 있는 사이다를 들이켰다. 신기하게도 맷이 내게 적극적으로 관심을 표한 즉시 유나에 대한 열등감이 사그라졌다. 나 또한 유나처럼 어떤 남자애의 관심을 받는 매력 있는 여자애라는 공식이 성립되었기 때문이다. 그 공식은 나와 유나 사이에도 이퀄(equal)을 넣어주었고, 나를 안도시켰다. 또다시 유나에게 내가 호감을 갖고 있던 남자애를 소리 소문 없이 빼앗길지도 모른다는 불안을 종식시키는 안도였다.

나는 매트 박이 내게 데이트 신청을 한 것을 기뻐하는 걸까, 아니면 매트 박이 관심 있는 여자애가 유나가 아닌 나라는 사실이 명확하게 밝혀졌다는 것에 기뻐하는 걸까. 나도 모르게 유나에게 라이벌 의식을 갖고 있었던 것 같다. 이런 나의 속사정을 유나가 영원히 몰라주었으면 좋겠다. 나는 아직 '모든 것을 터놓는 친구 사이'라는 이상을 위해 어느 한순간 내 자존심을 포기할 정도로 성장한 것은 아니었다.

유나가 습관처럼 투덜거렸던 '김민재의 백한 가지 단점' 중에 '옷' 문제가 있었다.

민재는 사계절 내내 같은 옷을 입는다고 했다. 하얀 티셔츠에 청바지. 거기에 가을이면 노스 페이스 바람막이를 입고, 겨울이면 노스 페이스 패딩을 입는다. 운동화도 마찬가지였다. 가만히 있어도 콧물이 줄줄 흐르는 혹한이 찾아와도, 민재는 밑창이 얇다 못해 닳아 없어질 것 같은 캔버스만 신고 나왔다. 유나는 데이트 약속 장소에 나갈 때마다 흑, 백, 청 삼박자로 이루어진 민재의 패션이 꼴도 보기 싫다고 했다. 그것은 일 년 내내 그렇게 잔소리를 하고 애원을 해도 아무것도 달라진 것 없는 김민재란 인간의 무신경의 증거라고 했다.

한때 유나의 불만을 들으며 참 불평할 것도 많다고 생각했다. 난 남자의 패션엔 그다지 관심이 없다. 일 년 내내 같은 패션을 입는다 해도, 어쨌거나 모두가 인정하는 멋진 남자친구를 가진 유나가 아닌가. 유나가 민재의 패션을 흠집 낼 때마다 약간 짜증이 났던 것이 사실이다.

　그러나 오늘 맷과 첫 데이트를 치르면서, 유나의 마음을 십분 헤아렸다. 같이 다니는 친구의 말투와 스타일마저 자신의 자존심의 일부라고 생각하는 여자의 천성상, 함께 다니는 남자친구의 패션에 예민하지 않을 수가 없다.

　오늘 오후 한 시경, 맷을 만나기 전까지만 해도 나는 충분히 들떠 있었다. 내 인생의 첫 데이트니 그 정도의 설렘은 당연했다. 평소보다 약간 색조가 들어간 화장을 했고, 사놓고 한 번도 입지 않았던 시폰 원피스에 보풀이 덜 일어난 니트 카디건을 걸쳤다. 내 스타일의 채색은 아주 옅었고, 난 내가 아주 청순하고 여성스러운 김소현으로 비춰지기를 바랐다. 그러나 한 시 오 분경 저만치서 뛰어오는 맷을 발견하는 순간, 나는 내가 최대한 매트 박과 친하지 않은 사이로 비춰지기를 간절히 기도했다. 그 애의 옷차림은 나를 너무도 경악시켰다.

　한국의 고등학생 패션은 비슷비슷하다. 인터넷이 발달했으니 어쩔 수가 없다. 언젠가는 모두가 토미 힐피거 가방에 목숨을 맺고, 어느 때엔 책 한 권도 들어가지 않는 쓰임새 불분명한 작은 가방이 진리였다. 모두가 유행하는 스타일을 알고 피해야 할 스타일을 안다. 그러나 그 두 가지가 일치될 때도 있다. 예를 들어 컬러풀한 스키니와 호화찬란한 선글라스는 연예인들이 걸치면 멋지지만 남자친구가 걸치면 왠지 창피하다. 거기에 체인까지 두르고 이상한 모자까지 눌러쓰고 나타나면, 정말이지 경악스럽다. 대부분의 여자애들은 남자친구가 패션의 선구자 역할을 하길 원치 않는다. 깔끔한 티셔츠, 너무 달라붙지 않는 청바지, 적당히 때가 탄 운동화. 누구나 모험보다는 안전한 것을 선택한다. 누구나 어린 나이를 믿고 겁 없는 척 연기하지만, 실은 누구나 튀는 걸 두려워한다. 남자친구가 빨간 스키니에 체인을 걸었다는 이유만으로 나에게까지 한심한 시선이 쏟아질까 봐 두렵다. 나 또한 그렇다. 특별한 것은 좋지만 튀는 건 싫다. 결국 시선의 차이이다.

맷의 패션을 뭐라고 설명해야 할까…… 그 애는 언젠가 외국 채널인 MTV에서 보았던 힙합 가수들의 패션을 벗겨다 그대로 입고 나온 것처럼 보였다. 비뚤게 쓴 뉴에라까진 봐줄 만했다. 그러나 목에 치렁치렁 매달린 목걸이들과, 세 명은 들어가고도 남을 커다란 티셔츠, 엉덩이가 어디인지 알 수 없는 힙합 바지는 도저히 용납할 수가 없다. 무채색이라면 봐줄 만할 수도 있었다. 그러나 맷은 무지개 홍보 대사를 자청했다. '깔 맞춤'이라는 걸 모르는 걸까? 그 애의 패션은…… 한마디로 '총체적 난국'이었다.

"너…… 진짜 화려한 거 좋아하는구나."

"심심하면 재미없잖아. 튀고 재밌는 게 좋아."

튄다. 충분히 튄다. 하지만 재미있진 않다. 주변을 스쳐 지나가는 내 또래 여자애들의 시선이 쏟아지는 것만 같다. 물론 결코 긍정적이지 않다. 어제 밤잠을 뒤척이며 기다렸던 나의 첫 데이트는, 맷의 차림새를 보자마자 김빠진 콜라처럼 싱거워졌다. 나는 맷의 말에 귀를 기울이는 척하며, 그 애의 치렁치렁한 목걸이가 서로 부딪치는 소리에 짜증 내지 않으려고 애썼다.

그와 동시에 나 자신의 변덕에 약간 놀랐다. 맷은 지금까지 내가 혼자 좋아하고 혼자 실망했던 남자애들과 다르다고 생각했다. 키도 크고, 성격도 좋았으며, 무엇보다 내게 적극적으로 대시해 주었으니까. 맷과 문자를 주고받을 때마다 누군가의 관심의 대상이 되었다는 그 느낌이 좋았다. 이것이 바로 그 말로만 듣던 '연애감정'이구나, 드디어 나에게도 꽃들의 향연이 찾아온 것만 같았다. 솔직히 말한다면 난 오늘 데이트가 끝나갈 무렵 맷이 고백해 주길 은근히 기대했다. 그 애가 사귀자고 하면, 난 몇 번 망설이는 척하다가 수줍게 웃으며 손을 잡아줄 생각이었다. 그렇게 된다면 내겐 어디에 내놓아도 빠지지 않는 남자친구가 생길 것이고, 유나와 마리아와의 주된 화제인 '그놈의 남자 새끼들' 대화에도 좀 더 적극적으로 동참할 수 있을 것이다.

열여덟이 되면서 올해는 반드시 남자친구를 만들겠다고 결의를 다졌지만, 속으로는 자신이 없었다. 운명적인 사랑을 기다리는 어쩔 수 없는 소녀 감성의 피해자들은 몇 년 전부터 완성된 '러브장'에 받는 사람의 이름 칸만 비워둔다. 그 빈칸에 이름이 적히는 건 아주 순식간이다. 그러나 그 이름을 의심하며 지워버릴지 망설이는 것 또한 순식간이다. 고작 옷차림 하나에 이렇게까지 맷에게 실망하게 될 줄 몰랐다. 한번 실망하고 나자, 데이트는 믿을 수 없을 정도로 시시해졌다.

"뭐 마실래?"

"음…… 난 아이스 티."

"아이스 아메리카노 한 잔이랑 아이스 티 한 잔 주세요. 아, 원두 어디 거예요?"

"케냐 산이에요."

"케냐요? 거기 거 맛없는데……. 콜롬비아나 비엔나 산은 없어요?"

"예. 저희는 케냐 산밖에……."

"그냥 주세요."

맷은 긴 한숨을 쉬며 톨 사이즈 음료 두 잔을 받아들었다. '머리에 피도 안 마른 새끼가 원두 타령이야?' 테이크 아웃 커피 전문점 아르바이트생의 표정이 훤히 읽혔다.

"취향 되게 까다롭나 봐?"

"나? 그런 거 아니야. 그냥 개인적인 취향이라는 게 있잖아. 케냐 산이 뒷맛이 좀 쓰거든. 아, 그런데 소현이 너 어떤 향수 써?"

"안나 수이. 언니 거 뿌리고 나왔는데……."

"그거 너무 흔하더라. 그 옷에는 랑방 신상이나 마크 제이콥스가 더 잘 어울릴걸?"

"……."

"그냥 개인적 취향이야."

'개인적 취향'이 너무 확실한 맷과 함께 집 앞 공원을 걸었다. 나는 또다시 '태엽모드'를 진행시켰다. 대화는 일방적이었고 나는 듣기만 했다. 그 애는 간간히 내 머리를 쓰다듬어 주거나 계단을 조심하라며 밑을 봐주었지만, 두근거리기는커녕 심드렁했다.

남자애들은 여자애들의 모순적인 행동에 좀 더 집중할 필요가 있다. 자신이 진짜 어떤 여자애와 잘되고 싶다면 말이다. 여자애들이 유나처럼 시간대별로 보내는 문자 같은 세심함에 집착하는 것은 맞다. 그러나 세심함은 어디까지나 뒤에서, 은근히, 눈치 채는 순간 쓰나미 같은 감동을 몰고 올 방향으로만 이루어져야 한다. 나는 여자의 감정 변화에 섬세하게 신경 써주는 남자가 좋지만, 원두의 원산지나 여자의 향수 브랜드에 까다로운 남자는 싫다. 나뿐만이 아니라 많은 여자애들이 그렇다. 천성적으로 섬세함과 무심함이 각자 다른 분야에서 올바르게 활약하는 남자애를 만나기를 기대한다. 바람은 역시 바람일 뿐이다. 내 핑크색 아이섀도를 지적하면서 이 옷에는 골드와 베이지로 '그러데이션'을 주는 편이 낫다는 맷의 메이크업 강의를 듣고 있자니, 남자친구고 뭐고 모든 게 다 피곤해졌다. 게다가 맷에게 집중할 수 없는 또 하나의 장애물이 있었다. 바로 맷의 어머니였다.

"응, 엄마. 내가 알아서 먹고 들어간다니까? 응. 점심 스테이크 먹었어. 아, 야채 같이 먹었으니까, 걱정 마! 내가 좀 있다 전화할게, 엄마."

맷의 핸드폰은 한 시간에 한 번씩 울렸다. 이런 식으로 셋이 하는 데이트는 처음이다. 맷의 어머니는 오늘 아들의 외출에 함께하지 못해 한이 맺히신 듯, "뭘 입고 갔니"부터 시작해 "돈은 얼마 들고 나갔니", "황사 마스크 챙겼니", "언제 들어갈 거니" 같은 소소한 질문들을 끊임없이 쏟아

부으셨다. "누구랑 있니"라는 질문이 안 나왔을 리 없다. 맷은 "친구와 있어요" 하며 대충 얼버무렸다. 만약 우리 엄마가 똑같은 질문을 했어도 난 맷처럼 대답했을 것이다. 그런데도 괜히 기분이 상했다. 좋아하는 여자애와 데이트 중이라며 내 손을 움켜잡는 맷의 당당한 모습을 기대했기 때문일까.

그런 상황에서 갑작스럽게 맷의 고백에 부딪히자, 나는 예상했던 것보다 훨씬 더 당황했다.

"사귀자고……?"

"응. 소현이 넌 진짜 귀엽고, 대화하는 게 즐거워. 안 지 얼마 안 된 사이지만 오래된 친구처럼 편하고."

남자애에게 그런 평가를 받는 것은 확실히 기분 좋은 일이다. 초조하게 내 대답을 기다리는 맷을 보고 있자니, 당장 집으로 돌아가 씻고 싶었던 나의 짜증이 금세 누그러졌다. 정말이지 나는 변덕이 너무 심하다.

데이트 내내 속으로 불만투성이였지만 전반적으로는 나쁘지 않았다. 첫 데이트를 고려해 맷이 예매한 로맨틱 코미디 영화도 좋았고, 한 달에 한 번 갈까 말까 한 베니건스에서 식사를 한 것도 좋았다. 창가 자리까지 예약해 둔 맷의 준비성을 보며 감탄했던 것도 사실이다. 맷은 영화를 보던 두 시간을 제외하고는 쉴 새 없이 내 옆에서 떠들어댔다.

처음에는 만담 대회에 출전한 것 같은 맷의 수다가 거슬렸지만, 지금 와서 생각해 보면 어색한 분위기를 걱정해 대화 내용을 미리 준비해 온 것인지도 모른다. 물론 옷 스타일은 내게 재앙이고, 외국에서 살다 왔다고 약간 잘난 척하는 것도 마음에 들진 않지만("영화에 자막이 없었으면 좋겠어. 난 다 알아듣거든!")······ 맷이 괜찮은 남자애라는 것은 의심할 여지가 없는 사실이었다.

나는 살짝 부르튼 입술을 핥으며 대답할 준비를 마쳤다. 그때 맷이 서둘러 가방에서 무언가를 꺼냈다.

"여기 립 밤."

"아······ 고마워."

"시어 버터가 함유된 거라 보습이 훨씬 잘될 거야."

"······."

"여자애들은 입술 트는 거 신경 많이 쓰잖아."

맷이 악의 없이 웃었다. 그 순간 나도 모르게 입을 열었다.

"너랑 사귈게."

입술이 부드러워지자 마음도 한결 부드러워졌다. 나는 분명 매트 박을 백 퍼센트 마음에 들어 하진 않는다. 그러나 이 남자애는 입술이 튼 여자애를 위해 보습 성분을 친절히 설명해주며 립 밤을 챙겨주는 자상함을 갖고 있었다. 분명 내가 원하는 종류의 섬세함은 아니었지만, 요즘 같이 이기적인 남자애들이 넘쳐나는 세상에서 맷 같은 남자애를 찾아보기 힘든 것은 사실이었다. 게다가 맷은 키가 컸다. 남자애들이 여자애들의 블라우스 가슴 부분의 단추 여밈 정도를 눈여겨보는 것처럼, 여자애들도 남자애들의 신장과 어깨를 늘 눈여겨보았다. 맷이라면, 딜러가 안겼을 때 그 그림이 환상적일 것이 분명했다.

"그럼 오늘부터 1일이네."

맷이 환하게 웃으며 나를 바라보았다. 그렇게 해서 내겐, 첫 남자친구가 생겼다.

첫 데이트와 첫 남자친구는 모두 나의 이상과 너무도 멀었다.

내가 꿈꾸던 데이트는 커피 원두 원산지를 따지는 남자친구 옆에서 우두커니 서 있는 모습이 아니었다. 남자애도 말이 없고 여자애도 말이 없고, 그래서 둘 다 어색한 가운데 서로 어쩔 줄 몰라 해야 했다. 남자애는 가방에서 작은 사탕을 내밀며 "먹을래?" 하고 말을 붙이고, 나는 그것을 받으며 수줍게 웃어야 했다. 용기를 내서 대화를 진행하는 사람은 내가 되어야 했다. 남자애는 그저 내 말에 열심히 귀를 기울이고, 나에 대해 하나라도 더 알아 가고자 하는 모습을 보여줘야 했다. 우리는 벚꽃이 휘날리는 한적한 길을 걸어야 했고, 남자애는 내 눈치를 보며 언제 내 손을 잡아도 되는지 끊임없이 고민해야 했다. 결국 내가 먼저 그 고민을 눈치 채고 서로의 손가락이 수줍게 맞닿아야 했다. 그것이 내가 생각했던 이상적인 첫 데이트였다.

내가 열여덟이 될 때까지 남자친구를 사귀지 못했던 건 순정만화 때문일지도 모른다. 나는 만화를 너무 많이 봤다. 그래서 현실감각이 뒤떨어졌다. 누구에게나 이상형은 있다. 그러나 이상형으로 이민호를 꼽는 애들이 현실에서 이민호를 찾지 못했다고 남자친구를 사귀지 않는 것은 아니다. 그런데 나는 그랬다. 나는 반드시 키가 크고, 손이 예쁘고, 가정에 약간 불화가 있어서 온몸에서 애틋한 오라를 풍기며, 결정적으로 과묵한 남자애와 첫사랑에 빠져야만 했다. 순정만화의 전체적인 분위기처럼 서정적이면서도 드라마틱한 것만이 사랑인 줄 알았다. 그러나 현실에 그런 남자애는 없다. 요즘 남자애들은 대부분 말이 너무 많고, 소심하며, 허세에 절어 있다. 그리고 핸드폰으로 늘 엄마에게 짜증을 부린다.

나는 남자애들에게 쉽게 호감을 갖고 쉽게 마음을 접는

스타일이었다. 한두 번만 눈이 마주치거나 조금만 내게 잘 해주면 금세 그 남자애에게 호감을 가졌다. 그러나 그 남자애가 문자에서 오덕후 말투(……한다능, 먼 산)를 쓰거나 엎드려 자는 얼굴이 너무 흉측하면, 금세 마음속에서 지워버렸다. 나는 초등학교 때부터 늘 그런 식으로 수많은 남자애들을 홀로 찔러보고 홀로 낙담했다. 그나마 가장 좋아했던 사람은 기적적으로 과묵한 민재였지만, 민재는 내 가장 친한 친구와 사귀고 있다.

만약 내가 매트와 사귀지 않는다면, 나는 또다시 순정만화에나 나올 법한 환상을 꿈꾸며 점점 더 현실과 멀어졌을 것이다. 유나와 마리아의 남자 이야기에서 한 발자국 떨어져 만년 청중 근성을 버리지 못했을 것이다. 나 대신 민재의 여자친구가 된 유나에게 느끼는 은근한 자격지심을 떨쳐버리지도 못할 것이고, 결정적으로 나의 빛나는 열여덟 청춘을 외롭게 보내야만 했다. 어릴 때부터 꿈꾸던 이상적인 첫사랑을 하고 싶은 욕심도 컸다. 그러나 그보다는, 내가 살고 있는 현실 속에서 최대한 무언가를 많이 경험해 보고 싶었다.

맷과 사귄 첫날, 이상하게도 무언가에 굴복한 듯한 묘한 느낌이 들었다. 그것은 불쾌함보다는 서글픔에 더 가까웠다. 하지만 어째서 서글픈지, 어째서 자꾸만 무언가가 아쉬

운지, 그 '무언가'가 무엇인지는 명확하게 설명할 수 없었다. 언니는 내가 순정만화나 로맨스 소설을 볼 때마다 타박했다. 판타지가 네 삶을 좀먹어 가기 전에 하루 빨리 현실 감각을 익히는 게 신상에 좋을 거라고 경고했다. 이제야 언니가 해준 경고의 목적을 알 것 같다. 언니는 내게 판타지가 없는 세상에 익숙해질 필요가 있음을 알려주고 싶었던 것이다.

## 마지막 수학여행

"정신 나간 것들."

학주의 탄식을 못 들은 척 지나쳤다. 학주는 신체 절단 수술을 받고 수학여행 길에 올랐다. 밀대를 들고 오지 않은 것이다. 몽둥이를 들지 않은 학주의 팔은 어딘가 잘려 나간 듯 휑해 보였다. 우리는 그 앞에서 보란 듯이 저벅저벅 걸어 다녔다. 우리의 교복 치마는 무릎 위로 껑충 올라갔고, 라인은 완벽한 H 형태였다. 치맛단 절제 수술 금지 공지가 내려온 지 두 달도 되지 않아 모든 여고생들이 반란을 선언한 건 순전히 선생들 때문이다. 선생들이 먼저 전쟁을 선포했다.

수학여행에서 교복을 착용하라는 공지에, 애들은 입을 틀어막고 화장실로 달려갔다. 진짜 토가 나왔다. 5월 중간고사에서 우리 반이 전체 꼴등을 했다는 암울한 현실은 수학여행 교복 사건에 밀려 자취를 감추었다. 어차피 대입에 그다지 중요하지도 않은 내신, 개판 쳐봤자 별로 신경 쓰이지도 않는다. 우리가 신경 쓰는 것은 따로 있었다. 우린 중간고사가 끝나자마자 대대적인 쇼핑을 할 계획이었다. 우리들에게 수학여행은 '런웨이'였다. 수학여행은 곧 쇼핑을 의미했고, 2박 3일은 곧 최소한 서너 벌의 의상을 의미했다.

"출발할 때는 물론이고 관광할 때, 그리고 서울로 돌아올 때도 교복을 갖춰 입는다."

학주의 청천벽력 같은 공지가 끝나자마자 악에 받친 비명이 이어졌다. 이건 정말 말도 안 되는 일이었다. 대한민국 어딘가에 수학여행 때 교복을 입히는 고등학교가 있다는 괴담을 인터넷에서 접한 적은 있었지만, 그 괴담의 진원지가 우리 학교가 될 줄은 꿈에도 몰랐다. 검색창에 '수학여행'을 쳐보라. '코디'가 함께 뜬다. 이것은 진정한 권력의 횡포이자 시대착오적인 발상이다. 수학여행 때 입을 옷을 구입하기 위해 고등학생들이 지나친 사치를 부려 위화감을 조성한다는 변명은 코미디다. 1학년 때부터 부모님의 직업과 월수입을 조사해 학교에 온갖 소문을 불러일으킨 교무실 주제에 '위화감'이란 단어를 사용하다니. '어이없다'라는 말이 어디서 유래되었는지 알겠다.

여자애들은 독기를 품고 집으로 달려가 여분으로 갖고 다니던 교복의 치맛단을 더욱 올려버렸다. 그리고 수학여행 날, 약속이라도 한 듯이 모두가 미니스커트에 가까운 교복 치마를 입고 나타났다. 이건 우리 식의 반항이었다. 수용 불가능한 치맛단을 바라보는 학주의 얼빠진 얼굴을 보자 그제야 속이 좀 풀렸다. 우리 식대로 학주를 엿 먹인 것보다 더욱 위로가 되었던 건, 교복을 입고 수학여행 길에 오른 비운의 고등학교가 우리 학교만은 아니라는 사실이었다.

"예쁜 애들 많은데?"

"우리 거보다 교복 예쁘다."

"난 체크무늬 치마는 별로야. 더 뚱뚱해 보이는 거 같아."

여자애들은 삼삼오오 모여 '태화여고' 여자애들을 흘끔거렸다. 공학에 다니는 여자애들은 여고 여자애들을 싫어한다. 특히나 이런 수학여행 길에서 마주쳤을 때는 더더욱. 우리 학교 남자애들을 빼앗기는 기분이 들기 때문이다.

"야, 종유동굴 입구에서 쟤네 학교 여자애가 김준혁 번호 따갔대."

"진짜? 가르쳐 줬대?"

"어. 쟤네 숙소랑 우리 숙소랑 가깝잖아. 저녁에 조인한다고 난리던데?"

"아, 시발! 짜증 나. 종유동굴에 묻어버릴 것들. 왜 우리 학교 남자애들 건들고 지랄이야?"

김준혁은 '남자 임혜령'이다. 우리 학교에서 가장 잘생긴 남자애로, 가장 길고 멋진 구레나룻의 소유자다. 이런 남자애들은 학교 밖에서 여자애들 공동의 소유 자산이 된다. 김준혁과 친한 여자애들은 얼마 없지만, 모두가 그 애에 대한 백한 가지 소문을 꿰차고 있다. 때문에 여자애들은 말 한마디 해본 적 없는 김준혁에게 우스운 친밀감을 느끼고 있었다. 그런 '여자애들의 김준혁'이 타 여고 애들의 관심 대상이 되었다는 소식을 듣자 묘하게 불쾌해졌다. 우리 학교 남자애들은 우리들 것이다. 단체 활동에서 빛을 발하는 동시 다발적인 소유욕은 남자친구의 유무와 상관없다.

내가 매트 박과 사귄다는 얘기는 곧 전교로 퍼져나갔다. 나나 맷이 잘나가서가 아니다. 워낙 작은 학교인 데다 모두가 가십에 목말라 있기 때문이다. "정말?"로 시작되는 여자애들의 매점 가십의 주인공이 되는 건 꽤 괜찮은 일이었다. 남자친구가 있다는 건 보호받거나 관심 받고 싶은 여자 특유의 욕망을 채워주는 일이다. 나는 남자친구가 생겼다는 거대한 틀보다는, 누군가 나를 위해 쉬는 시간에 음료수를 뽑아준다는 소소한 사실들에 큰 행복을 느꼈다. 이제 난, 늘 유나와 마리아와 함께 뛰어들었던 "아줌마, 여기

요!"의 전장에서 발을 뺄 수 있게 되었다. 맷은 늘 나를 위해 전장에 뛰어들어 비빔면을 사수해 왔다.

그러나 여전히 맷의 패션은 내가 감당할 수 없는 차원의 것이었다. 밖에서 데이트할 때마다 맷이 무슨 옷을 입고 나올지 겁부터 났다. 수학여행의 대부분을 교복을 입은 채 보내야 한다는 건 분명 끔찍한 일이지만, 내 남자친구가 패션 테러리스트로 불릴 기회가 줄어든다는 면에서 아주 나쁜 것만은 아니었다. 나는 남자화장실 앞에서 다른 남자애들과 함께 일렬로 서서 구레나룻을 정돈하는 맷을 바라보았다. 그는 그 어떤 순간보다 심각한 얼굴로 안으로 꼬인 구레나룻을 정리하고 있었다. 그 옆에는 민재도 서 있었다.

"저것들 진짜 언제 구레나룻 뽑아버려려 돼……."

한숨을 쉬는 마리아와 달리 유나는 조용하다. 유나는 수학여행 출발 순간부터 조용했다. 그러나 유나를 바라보는 아이들의 시선은 그렇지 않았다.

유나의 교복 치마는 무릎 위로 껑충, 또 껑충 올라와 있었다. 개기는 데 도가 튼 노는 애들도 저기까지 치마를 올려 입진 않는다. 유나의 교복 치마는 십 대 드라마의 비현실성에 큰 공헌을 하는 여주인공의 치마 길이였다. 저대로 펜을 떨어뜨려 줍기라도 한다면, 유나는 수십 명 앞에서 팬티를 공개해야 할 것이다.

"유나야, 너 보폭 좀 좁게 해서 걸어. 바람 불 때마다 심장 떨려 죽겠어."

"그래도 예쁘잖아. 한 번쯤은 이런 치마 입어보고 싶었어."

유나는 화장실 거울 앞에서 만족스레 웃으며 한 바퀴 빙그르르 돌았다. 짧게 줄인 교복 치마는 예뻤다. 다리가 길고 가는 유나에게 이런 미니스커트가 어울리지 않을 리가 없다. 그러나 이건 어디까지나 교복이다. 치맛단 줄이기 조합에도 나름대로의 규칙이 있다. 최소한 교복처럼은 보여야 했다. 다른 누구도 아닌 유나가 이렇게까지 적극적으로 개길 줄은 꿈에도 몰랐다.

"넌 무슨 생수병을 세 개나 갖고 왔냐?"

"아, 이거 소주야."

"……진짜?"

"저녁에 애들이랑 술판 벌리자. 인터넷에서 봤는데, 교관들 술 검사한다고 하고 얼렁뚱땅 대충 넘어간대. 나 앞주머니에 마른 오징어도 갖고 왔어."

내 친구 유나가 이상해져 가고 있다. 나와 마리아는 혼자 들뜬 유나 앞에서 시선을 교환했다. 유나는 1학년 때까지만 해도 1교시 중간에 교실로 들어오면서 수치심에 죽고 싶어 했던 애였다. 너무 배가 고픈 날, 3학년 줄에 몰래 섞여서 빨리 급식 받자는 말에 죽어도 그럴 수 없다고 버티던 애였다. 유나는 아주 완벽한 모범생은 아니었지만 겁이 많고 정렬된 것을 좋아했다. 줄 맨 앞에 서기보다 두세 명쯤 미리 만들어 둔 줄 뒤에 서는 것을 훨씬 맘 편히 생각하던 애였다.

그런 유나가 힙합을 하겠다고 부서를 옮기고, 치마를 미니스커트 수준으로 줄이고, 청순한 얼굴로 생수병에 소주를 담아왔다.

"너 불치병 선고라도 받았어?"

"뜬금없이 무슨 소리야?"

"3개월 남았다는 통보받고 지금까지 못해 봤던 거 몰아서 해치우려는 거 아니야? 영화에서 보면 그러잖아."

"상상도 참 진부하게 한다."

유나는 가볍게 한 번 웃고 우리 둘 사이에서 팔짱을 꼈다.

"그냥, 하루쯤 막 놀아도 상관없잖아. 수학여행에서 술 마신다고 생활기록부에 남는 것도 아니고. 우리 너무 재미없게 살고 있다는 생각 안 들어?"

난 안 든다. 정말 안 든다. 하지만 유나가 요 근래 자꾸만 이런 식으로 날 부추길 때마다 내 현실이 그렇게 팍팍하고 지루한지 뒤돌아보게 된다. 자꾸만 내 삶을 부정적으로 바라보게 만드는 유나의 이런 질문들이 싫다. 왜 이 즐거운 수학여행에서, 네 인생의 진부함을 돌아보라는 계시를 받아야 하는지 모르겠다. 요즘의 유나는 십 대 시절을 후회 없이 보내기 위해선 약간의 '개판'이 필요하다고 생각하는 것 같다.

"너 이러는 거 민재도 알아?"

"민재 얘기 꺼내지 마."

유나의 얼굴이 단박에 어두워졌다.

"싸웠어?"

"너희, 요즘 십 대들이 너무 빨리 늙는다는 기사 본 적 있어?"

"……."

"너무 어릴 때 모든 것을 알아버려야 하는 현실이 정말 싫다."

유나는 알아들을 수 없는 말을 중얼거리며 내 손에서 틴트를 빼앗아 입술에 발랐다. 그리고는 쥐 잡아먹은 입술을 하고 짧은 미니스커트를 팔랑거리며 우리보다 먼저 화장실을 나섰다.

쟤, 뭐 있다. 마리아가 확신이 선다는 눈으로 나를 바라보았다. 나는 살해 지시를 받은 암살범처럼 의미심장한 얼굴로 고개를 끄덕였다.

우리는 유나의 성격을 잘 알고 있었다. 좀처럼 속마음을 잘 드러내지 않는 유나는, 일정한 장소에서 적당한 분위기가 조성되어야만 입을 열었다. 유나의 입을 틀어막고 있는 저 비밀을 해치우기 위해서는 원하는 장소로 유인해 모르는 척 분위기를 조성해서 한순간에 확인사살 해야만 했다. 수학여행에서의 마지막 밤, 절절한 취중진담을 듣게 될 것만 같은 예감이 들었다.

세월이 흘러도 변하지 않는 수학여행의 레퍼토리가 있다.

가장 만만한 수학여행지 제주도, 한라산 등반, 오미자 차 시식 및 은근한 구매 압박, 어째서 한 시간이나 기다려야 하는지 알 수 없는 조랑말 탑승, 꽃과 나무 앞에서 우스꽝스러운 포즈를 취하는 여자애들에게 점령당한 수목원, 어째서 용두암인지 알 수 없는 용두암, 새벽 기상에 이어지는 말도 안 되는 단체 체조, 여자애들의 사복 런웨이, 잘생긴 교관을 향한 우리들의 단발적인 애정공세.

그리고…… 교관의 레크리에이션.

"박수 소리 더 큰 반에게 500점 몰아서 더 주겠습니다!"

와아……. 예의 바른 우리 학교 학생들의 김빠진 박수 소리가 황량한 캠프파이어장을 설설 기어간다. 오 분 간격으로 핸드폰 시계를 확인하는 애들의 표정에 귀찮음이 역력하다. "여러분들처럼 비실비실한 학생들은 처음 봅니다!"라든가 "한진 고등학교, 이것밖에 안 됩니까!" 같은 자존심을 살살 긁는 고함도 전혀 먹히지 않는다. 캠프파이어장에 둘러앉아 별거 아닌 상품에 목숨을 걸고 달려들거나 시대를 알 수 없는 노래에 맞춰 엄마 아빠에 대한 사랑을 되짚어보는 촛불 의식 같은 건 초등학교 때부터 너무 많이 해왔다. 우리 엉덩이를 좀 더 들썩거리게 만들 생각이었다면 1등하는 반에게 '정오 기상' 같은 통 큰 특혜를 주어야 했다. 사이다와 콜라 세 박스와 컵라면 두 박스, 캠프파이어장 청소 면제 특권이라니……. 그냥 안 먹고 청소하고 말겠다.

장기자랑도 예상 그대로였다. 백만 청소년의 장기자랑 필수곡인 'Gee'가 두 번 정도 흘러나왔고, 노래 좀 한다하는 애들의 영적 지도사인 이은미와 체리필터의 곡이 몇 번 울려 퍼졌다. 보는 이가 더 민망한 연극도 최선을 다해 관람했다. 우리 반에선 남자애들 몇 명이 나가 마술을 했는데, 뒤에 앉아 있는 애들에겐 보이지도 않아 금세 분위기가 식어버렸다. 학주가 'My Way'를 열창할 때 우리 표정이 어땠는지는 굳이 설명하고 싶지 않다.

인생의 마지막인 학창시절의 수학여행을 재미있게 보내고 싶은 마음은 누구나 마찬가지였다. 그러나 분위기는 왠지 모르게 찌들어 있었고, 나서서 우리를 단합시킬 만큼 카리스마 있는 리더도 없었다. 인터넷에 보면 수학여행이 너무 재미있었다고 온갖 동영상과 후기를 올리는 애들 천지던데, 왜 내겐 그런 기회가 주어지지 않는지 모르겠다. 초등학교 때부터 나의 수학여행은 늘 평범함의 범주에서 벗어나질 못했다. 나부터도 벗어나지 못했지만.

그래서 애들이 그렇게 술에 집착하는 것인지도 모르겠다. 적어도 선생님들의 눈을 피해 술을 마셨다는 사실 자체가 '즐거웠던 수학여행'의 마지막 방패 노릇을 해주기 때문이다. 음주 행위는 새롭지도 않고 놀랍지도 않다. 그러나 엄연한 불법이고, 교칙 위반이다. 교칙을 위반하고 싶어 몸살 난 소심한 반항아들이 가장 죄책감 없이 넘을 수 있는 선이, 바로 술이었다.

마리아가 돌아가면서 종이컵에 소주를 따랐다. 우린 각자 앞에 소주가 납작하게 깔린 종이컵을 놓고 열심히 과자를 집어먹었다. 우리 방에 모인 여자애들은 열세 명 남짓이었다. 나머지 여자애들은 피곤하다며 일찍 이부자리에 들었다. 여기 모인 애들은 최소한 나처럼 십 대 시절의 수학

여행 마지막 날을 술과 더불어 보내고자 하는 의지로 가득
차 있었다. 우리는 모이자마자 김준혁 무리 얘기로 열을 올
렸다. 종유동굴 앞에서 헌팅했던 여고 애들과 밤 약속이 되
어 있던 그놈들은, 몇 분 전 담타기를 시도하다가 학주에게
정면으로 걸렸다고 했다. 우리는 모두 통쾌하다며 박수를
쳤다. 우리 학교 남자애들이 울타리를 벗어나 정체불명의
여고생들의 추억 만들기에 한몫하느니, 그토록 증오하는
학주의 손을 들어주는 편을 나았다.

"이러다 걸리면 어떡하지?"

의외로 이 무리에 낀 모범생 하나가 걱정스럽게 종이컵
을 들어 소주 냄새를 맡았다.

"걱정 마. 내가 아까 얼핏 들었는데, 오늘 저녁에 선생님
들 다 같이 회식 나간댔어. 불시 점검은 아까 열두 시에 교
관이 마쳤잖아. 다시 올 일 없을걸? 우리 언니도 수학여행
에서 술 먹고 말짱히 귀가했어."

그제야 애들은 숨죽였던 목소리를 적당히 높이며 잔을
들었다. 언제 마셔도 색 빠진 사약 같은 소주를 꼴깍꼴깍
삼켰다. 애들은 마시자마자 서로 얼굴을 일그러뜨리며 사
이다 잔을 찾았다. 이 의미 없는 행동이 몇 번 반복된 후, 서
서히 얼굴에 취기가 오르는 애들이 하나 둘 나타나기 시작
했다. 유나가 첫 타자였다.

"소현아, 너 맷이랑 약속 없어?"

"맷이랑? 없어. 그냥 내일 학교 도착해서 같이 저녁 먹기로 한 게 다야."

맷은 아마 지금쯤 자고 있을 것이다. 아까 우리 반 남자 방 앞을 지나가면서, 서로 팩을 나눠 가지며 단체로 낄낄대는 남자애들 모습을 보았다. 우리 반 남사애 중 누군가가 한 장에 천 원 하는 팩을 몇 개나 챙겨온 모양이었다. 슬쩍 들여다본 남자애들 방 화장대엔 스킨부터 에센스까지 차례대로 놓여 있었다. 여자애들 못지않은 준비성이다. 소주를 들이키며 발바닥을 긁고 있는 여자애들을 보고 있자니, 무언가 바뀌었다는 생각이 들었다.

"난 또 밤에 너희 둘이 나가 놀 줄 알았지……"

"야, 그러다 사고 쳐! 이 근처에 모텔도 많던데!"

꺄악, 꺄악, 하는 비명이 몇 번 이어졌다. 난 얼굴을 붉히며 맷과 나의 건전성을 피알(PR)했다. 우리는 아직 키스도 하지 않았다. 매트 박은 생각보다 정신연령이 훨씬 어렸다. 몇 번 가볍게 뺨에 키스하거나 입을 맞춘 적은 있었지만, '혀가 섞이는' 키스의 공식을 따른 적은 한 번도 없었다. 그런 우리 사이에 모텔이 끼어들다니, 말도 안 된다. 물론 우리 또래 애들 중에도 벌써 모텔을 들락날락거리는 애들은 많았다. 특히 남자애들은 아주 자랑스러운 얼굴로 우리 동네의 모텔 중 가격 대비 어디가 가장 좋다느니 하는 얘기를 쇼핑 호스트처럼 과장된 말투로 설명했다. 나의 일탈 레벨은 수학여행 마지막 날 밤 소주를 마시는 정도지, 남자친구의 손을 잡고 모텔을 들락거릴 정도는 못 되었다. 그건 왠지 내가 알지 못하는 어둡고 음침한 세상에 너무 빨리 발을 들이는 행위처럼 느껴졌다.

"부러워."

약간 혀가 꼬인 유나가 무릎을 세우고 얼굴을 묻으며 중얼거렸다.

"왜, 너도 남자친구 있잖아."

"없어."

"민재랑 싸웠어?"

"우리 헤어졌어."

"뭐? 언제?"

"수학여행 떠나기 전날."

여자애들이 서로 눈치를 살피며 유나를 위로했다. 안 그래도 제주도를 관광하는 내내 서로 본체만체하던 둘이었다. 습관적으로 타인의 행동 변화를 관찰하는 우리들이 그걸 몰랐을 리 없다.

"결국 그 문제 때문에 헤어진 거야? 전화……."

"그렇게 쉽게 말하지 마."

유나가 괴로운 얼굴로 연신 한숨을 내쉬었다. 유나의 종이컵이 축축하다. 우리끼리 이런저런 수다를 떨고 있을 때 혼자서 소주를 몇 번 더 따라 마신 것이 분명했다.

"나한테 더 화를 내는 거야. 전화 몇 번 못 받는 게 뭐 그리 중요하냐고 하면서. 자기는 저녁 시간에 만날 PC방에 있대. 니 게임 한 판에 돈이 얼마나 오가는지 아냐고 하더라. 모니터 살피기도 바빠 죽겠는데 네 전화 받고 투정 받아줄 시간이 어디 있냐는 거야. 진짜 나쁜 새끼야……"

"만날 못 받았던 것도 아니잖아. 그리고 네가 늘 전화 문제로 뭐라고 하니까, 아마 귀찮아서 퉁명스럽게 군 걸 거야. 남자애들 원래 유치하잖아."

"나…… 요즘 너무 힘들어."

유나의 목소리가 울먹거리기 시작했다. 술에 취했다는 증거다. 나도 술에 취했다는 증거로, 마음이 순간 울컥했다.

"요즘 우리 집…… 정말 장난 아니게 시끄러워."

우리 반 여자애들은 모두 우정이 넘쳐나는 얼굴로 유나를 다독이며 얘기를 경청했다. 나와 마리아는 시선을 교환했다. '일정한 장소에서 적당한 분위기 조성'이 이루어진 것이다.

"내가 봄방학 때 얘기했잖아. 우리 할머니 돌아가셨다고……"

유나의 할머니는 2월 말에 돌아가셨다. 할아버지는 어릴 때 돌아가셨고, 일흔이 조금 넘은 할머니는 욕실에서 미끄러지시는 갑작스러운 사고로 세상을 뜨셨다. 나도 몇 번 뵌 적 있는 유나의 할머니는 굉장히 정정하셨다. 젊은 시절에는 수영 선수로도 이름을 날렸다고 했다. 껄껄 웃으며 우리에게 삼계탕을 사주셨던 할머니의 갑작스러운 죽음은, 나와 마리아를 아주 잠시 어린 철학자로 돌변시켰다. 우리는 인생의 덧없는 유한성에 대해 진지하게 토로했고, 좀 더 열심히, 즐겁게 살자고 결론 내렸다. 그 결정은 남자친구와 술, 짧은 교복 치마로 이어졌다. 죽음과 그 나머지 것들이 무슨 상관관계에 있는진 모르겠지만, 열여덟에게 인생을 즐기는 법이란 결국 해선 안 될 짓이라 명명된 것들을 슬쩍 건드려 보는 것이다.

"우리 아빠 남매가 전부 다섯이거든. 우리 아빠랑 첫째 고모 빼곤 모두 지방에 살았어. 그런데 지금 다 서울 할머니 집에 같이 살고 계셔."

"왜? 장례 때문에?"

"장례는 일찌감치 다 끝났지. 유산 배분 문제 때문에 그래."

"……."

"그렇게 많은 변호사도, 그렇게 많은 친척이 한자리에 모인 모습도, 그렇게 욕설이 오가는 모습도 처음 봤어. 할머니한테 그렇게 많은 유산이 남아 있는 줄도 몰랐고."

"유서 같은 건 안 남기신 거야?"

"응. 그래서 문제야. 정말 갑작스럽게 돌아가셨거든."

"그래도 친척이니까…… 대화로 풀면 다 해결되지 않아? 어쨌든 다 형제들이잖아."

"웃기는 소리 하지 마."

가만히 듣고 있던 한나가 코웃음을 치며 소주를 홀짝였다.

"우리 과외 선생님 아버지가 공무원이셨거든? 모아둔 자산이 꽤 됐었나 봐. 유나네 할머니처럼 갑작스러운 사고로 부모님이 두 분 다 돌아가셨대. 선생님이 스물세 살 때. 그때 친척들이 얼마나 개떼처럼 달려들었는지 생각하면 지금도 오금이 저린다더라."

"돈 앞에선 친척이고 정이고 뭐고 없는 거야."

"우리 엄마도 큰엄마랑 얼마나 자주 싸우는데. 몇 년 전에 우리 할아버지한테 풍 오셨거든. 우리 엄마가 일주일에 다섯 번은 할아버지 댁 가서 씻기고, 밥 차려 드리고, 청소하고 한단 말이야. 만날 가 있을 수 없으니까 간호 아줌마랑 마사지 전문가도 붙여야 되잖아. 큰아버지랑 같이 돈 모아서 하려는데, 큰엄마가 자기네는 죽어도 돈이 없다는 거야. 그래서 결국 그거 우리 집 돈으로 다 했어. 그런데 돈 없다는 큰엄마, 할아버지 댁 올 때마다 에쿠스 끌고 다니잖아. 진짜 웃기지도 않아. 우린 눈이 없냐? 백이랑 구두 올 때마다 달라지는 거 빤히 보이는데 어떻게 돈 없다는 말이 그렇게 쉽게 나와?"

"우리 집도 그런 거 있어."

유나를 다독거리던 아이들은 어느새 '우리 집안의 불화'로 둥지를 틀기 시작했다. 문득 엄마가 했던 말이 떠올랐다. 우리 집도 다른 집 못지않게 엄마와 아빠의 다툼이 잦았다. 주로 돈 문제였다. 가끔 그렇게 싸울 거면 이혼하라는 내 신경질에, 엄마는 한숨을 쉬며 다들 이러고들 산다고 했다. 정말 다들 그렇게 사는 모양이다. "우리 집은 너무 화목해서 그런 고민은 없어" 하고 판을 깨는 친구들은 나오지 않았다. 다들 악에 받친 얼굴로, 어리다는 이유로 가족들 사이에서 발언권을 빼앗겼던 분풀이를 쉴 새 없이 늘어놓았다.

"우리 고모가 짱일걸? 우리 고모 이혼하고 혼자 살거든. 위자료도 주식으로 다 날려먹고 궁상맞게 사는 거 안타까워서, 우리 아빠가 방 하나짜리 아파트 마련해 줬어. 대신 할머니랑 할아버지 모시고 살라는 조건 달고. 우리 고모 그렇게 두 달 살다가, 어느 날 말 한마디 없이 집 팔고 재산 싹 다 모아서 외국으로 튀었잖아. 지금 우리 엄마가 할머니,

할아버지 다 모셔. 짜증 나 죽겠어, 진짜."

"결국 다 돈 문제다? 그런 거 보면 엄마가 좋은 대학 가서 좋은 직장 잡고 높은 연봉 받으면서 살라는 말이 다 이해가 된다니까."

"돈 많다고 해결되는 것도 아니야. 돈 많으면 여기저기서 빌려달라고 손 벌리는 사람이 얼마나 많은 줄 알아? 다 남도 아니야. 가족들이지. 가족이란 이유로 돈 빌려가고, 가족이란 이유로 돈 안 갚잖아. 그리고서 갚으라고 하면 정 없다고 눈 부라리고. 그게 뭐냐, 진짜?"

"이런 얘기 어디서 하겠냐. 솔직히 우리 어려도 알 거 다 알잖아. 누가 잘못하는지도 알고. 근데 집에서 이런 말 꺼내면 그냥 닥치고 있으래. 네가 뭘 아냐고."

"공부나 열심히 하라고 하지."

맞아. 애들은 모두 고개를 끄덕이며 불만스럽게 웅얼거렸다. 유나가 한숨을 쉴 때마다 알코올 냄새가 코끝에 싸하게 퍼졌다.

"아무튼, 그래서…… 외로웠단 말이야. 가족도 다 남인 세상이 무섭기도 하고, 우울하기도 하고……. 그래서 더 민재한테 집착했던 거야. 나 좀 챙겨달라고. 솔직히 그렇잖아. 엄마한테 문자 오는 건 참견 받는 것 같아서 귀찮아도, 남자친구가 신경 써주는 건 안 그렇잖아. 남자애한테 사랑

받고 있는 느낌이 얼마나 좋은데……. 그런데 민재 그 무심한 성격, 죽어도 안 고쳐지니까…… 이젠 못 참겠어. 다시 받아달라고 해도 안 받아줄 거야. 나도 참을 만큼 참았어."

"그래, 잘 생각했어. 우리 엄마가 그러는데 여자가 사랑하는 남자 성격을 고칠 수 있다고 믿는 것만큼 바보 같은 짓도 없대."

"그래서…… 처음부터어…… 다정다감한 남자를 만나야 한다는 거야아……."

유나의 혀가 트위스트를 춘다. 술자리 분위기는 유나의 느릿한 목소리만큼이나 축 처져갔다. 동틀 때까지 놀자며 각오를 다지던 초반의 들뜬 분위기는 사라진 지 오래다. 피곤한 데다 술까지 들이켠 아이들이 하나 둘 졸음 앞에서 굴복해갔다. 이 분위기 조성의 주동자인 유나는 몇 번 상모돌리기를 하다가 내 어깨 위로 축 늘어졌다.

"넌 행운인 줄 알아, 소현아……."

"뭐가?"

"매트 말이야……. 그렇게 다정하고 잘 챙겨주는 남자애, 찾기 힘들어……."

"걘 잘 챙겨주는 게 아니야. 그냥 말이 많은 거지."

"……."

"유나야?"

어디선가 드르렁거리는 소리가 들린다. 나는 젖은 옷처럼 무거워진 유나를 질질 끌어다 이불 위로 눕혔다. 여자애들은 누구나 할 것 없이 있던 자리에 그대로 엎어져 눈을 감았다. 이불이 없으면 끌어다 덮었고 베개가 없으면 이불을 꾸겨서 그 위로 기댔다. 넓지 않은 방 안을 둘러보니 내가 편히 누울 자리는 어디에도 없었다.

"어딘가로 도망치고 싶어……."

유나가 마지막으로 중얼거렸다. 나도 그렇다. 여기 널브러져 자는 모두가 그렇다. 그렇게 일탈하고 싶다고 목소리를 높이지만, 누구도 담벼락을 넘어 유스호스텔 밖으로 도망칠 계획을 세우지 않는다. 우리가 저지르는 일탈이란 그저 담장 안에서 생수병에 담긴 소주를 해치우는 일뿐이다. 보통 아이들은 한계를 잘 알고 있다. 그리고 그 한계를 넘어봤자 앞으로 우리 인생이 크게 달라지지 않으리라는 것도 알고 있다. 오늘 담장을 넘어간다고, 술을 마신다고, 다른 학교 남자애들과 밤늦게 노닥거린다고 해서 수능의 당락이 결정되거나 대입에 영향을 끼치는 것도 아니다. 다만 우리 스스로가 학생다운 교복은 포기할지언정 학생다운 학창시절의 소중함을 인정하는 것이다. 우리도 나름대로의 복잡한 기준과 가치관이 있다. 이해받지 못할 뿐이다.

난 오늘 새벽 좀 더 오랜 시간을 친구들과 함께하고 싶었다. 동틀 때 마음이 맞는 애들과 몰래 유스호스텔 뒤뜰로 나가 일출을 감상하고 싶었다. 종이컵에 소주를 따를 때만 해도 모두가 나와 같은 마음인 줄 알았다. 그러나 하나 둘씩 드러눕는 친구들을 보며 왠지 모를 외로움을 느꼈다. 이 중에서 내가 가장 추억에 집착하는 철부지일까? 내가 가장…… 촌스러운 걸까?

민재는 유스호스텔 뒤뜰 한가운데 모델처럼 서 있었다. 그 애와 눈이 마주쳤을 때, 나는 너무 당황해서 뒤로 한 발자국 물러섰다. 그렇게 물러서 버리자 그 애가 마치 다가서면 안 될 괴물이라도 된 것 같았다. 나는 멋쩍게 웃으며 민재에게 다가갔다. 이 심장 소리가 내 귀에만 들리는 것이라 믿는다.

"안 자고 뭐해?"

"잠이 안 와서."

어쩐지 멍청해 보이는 대화다.

"남자애들 다 자지 않아?"

"어. 팩 하고 눕던데."

"너도 했어?"

"여자애같이 그걸 왜 해. 네 남자친구는 열심히 하더라."

"걘 그런 거 좋아해."

"팩 봉지에 남은 거까지 손바닥으로 쓸어다가 목에도 바르던데."

요즘 세상에선 성차별이 여자애들만의 이야기는 아닌 것 같다. 민망함을 누르고 어색하게 웃었다.

"유나는 자?"

"아, 응."

"유나랑 나, 헤어진 얘기 들었지?"

"……응."

"화 단단히 난 거 같아. 다시 사귀자고, 미안하다고 몇 번이나 문자 보냈는데도 답문이 없어."

"유나…… 요즘 집 사정이 많이 안 좋아."

"집? 무슨 일 있대?"

"친척들 간에 좀 안 좋은 일이 있어서……. 얘기 못 들었어?"

"나한텐 그런 얘기 한마디도 안 하던데."

민재가 기분 상한 얼굴로 퉁명스럽게 얘기하자, 어쩐지 내가 죄인이 된 것 같았다.

"어쨌든 네가 신경 써주길 바랐어."

"자기 얘긴 한마디도 안 하고 무조건 신경 써달라고 하면 난들 어쩌라고."

"유나 집안 복잡해지기 전에도, 너 전화도 잘 안 받고 문자도 잘 안 보내고 그랬잖아."

"후우……."

민재는 글자 그대로 긴 한숨을 쉬었다. 젤을 발라 조립하지 않은 민재의 내추럴한 헤어스타일은 처음 본다. 나도 모르게 새벽바람을 따라 가볍게 흔들리는 앞머리를 넋을 잃고 바라보았다. 김민재는 역시 내 스타일이다.

"근데, 너 술 마셨냐?"

무의식적으로 입을 틀어막고 손바닥을 오므려 숨을 호, 뱉었다. 그렇게 홀짝였는데 안 날 리가 없다.

"애들이랑 좀 마셨어. 냄새 많이 나?"

"아무튼 여자애들이 더 잘 논다니까."

"마지막 수학여행이잖아."

"뭐가 마지막이냐. 대학 가면 오티에 엠티에, 만날 쏘다니던데. 우리 형은 집에도 안 들어와."

역시나 무심한 성격답다. 수학여행 마지막 새벽의 아련한 추억의 냄새는 풍기지 않았다. 어디에서도 욕심을 채우지 못하는 나를 위로하듯, 우리 머리 위로 하늘이 핑크빛으로 물들기 시작했다.

"어, 해 뜨네."

민재가 특유의 무뚝뚝한 목소리로 중얼거렸다. 우리는 고개를 높이 들어 한라산 산줄기 위로 떠오르는 주황색 점을 바라보았다. 핑크색과 짙은 보라색이 질서 없이 뒤섞인 하늘 위로 태양의 황금빛 그림자가 번져나가는 모습은 한 폭의 수채화 같았다. 갑자기 자연을 화폭이나 사진에 담는 행위 자체가 부질없는 짓으로 느껴졌다. 자연이 아름다운 이유는 역설적이게도 그 순간을 어디에도 담아내지 못하고 사라지기 때문이다. 사라져 버리는 것이 가장 아름답다. 일출은 정말이지 너무나 아름다웠다…….

"멋지다."

민재는 그 짤막한 한마디로 감상을 대신했다. 우린 말없이 오 분 정도 일출을 감상했다. 학창시절의 마지막 수학여행에서 속으로만 좋아했던 과거의 짝사랑 상대와 함께 일출을 감상하다니. 그 누구에게도 말하지 못하겠지. 이십 년쯤 지나면 내 딸에게 몰래 말해 주어야겠다. 엄마에게도 남들 못지않은 자랑할 만한 추억거리가 있다고.

"소현아, 부탁이 하나 있는데."

분위기에 취하고 잠에 취해 몽롱하게 몸을 흔드는 내게, 민재가 생각지도 못했던 말을 불쑥 던졌다.

"이번 주말에 나랑 둘이 만나서 얘기 좀 할 수 있어?"

"둘이?"

"응. 유나 얘기로 너한테 상담 좀 하려고. 다시 잘해 보고 싶은데, 난 도저히 여자애들 마음을 모르겠거든."

내가 무어라 대답했겠는가. 말로 설명할 수 없는 환상적인 색으로 물든 새 아침의 하늘이 내 머리 위로 떠 있고, 그 찬란한 햇빛을 받은 민재가 나를 똑바로 응시하며 '부탁'이란 것을 하고 있는데. 나는 무언가에 홀린 사람처럼 고개를 여러 번 끄덕였다. 그 순간 내 마음 속에 '유나를 위하여' 같은 생각 따윈, 일 퍼센트도 들지 않았다.

방으로 돌아왔을 때는 이미 대여섯 명의 아이들이 깬 상태였다. 그중 둘은 느릿하게 세면도구를 찾고 있었고, 나머지 애들은 화장대 앞에 엉덩이를 맞붙이고 앉아 비비크림과 파우더를 최대한 티 안 나게 바르고 있었다. 저 경이로운 행동력이라니. 자기 관리에 목숨 거는 여자애들의 성실함은 찬탄해야 마땅하다. 나는 세상모르고 잠든 마리아와 유나 곁에 앉았다. 두 친구의 숨소리에 미약하게나마 알코올 냄새가 섞여 있었다. 내 정신은 여전히 몽롱했지만 기억력까지 형편없는 것은 아니었다. 나는 방금 친구의 전 남자친구와 이 세상에서 가장 아름다운 일출을 감상하고 돌아오는 길이었다.

머릿속에 여전히 핑크빛 하늘과 황금빛 태양이 가득한 채로 식당으로 들어섰다. 저만치서 나를 발견한 맷이 한걸음에 달려왔다. 팩 하고 남은 에센스까지 목에 바른 맷이다. 피부는 반들반들 윤이 났고 미소는 어제보다 훨씬 상큼했다. 그런데도 이 애와 민재를 비교하면…… 욕심나는 건 욕심내선 안 되는 쪽이다. 세상사라는 건 다 이런 걸까?

"잠 못 잤나 보다. 피부가 퍼석퍼석해."

"응. 좀 피곤해……."

나는 짜증스러운 얼굴로 고개를 숙였다. 유나는 다정다감하고 세심한 남자친구가 축복이라고 했다. 과연 아침에 피부 상태를 체크하는 남자친구를 사귀어도 그런 소리가 나올까.

난 대신 식판을 받아주겠다는 맷의 말에 고개를 끄덕이고 테이블 끄트머리에 앉았다. 나도 내 마음을 모르겠다. 나는 왜 스스로를 초라하게 만드는 일에 더 집착하는 걸까?

한 시간 동안 머리를 드라이 하면서, 남자친구가 있는 내가 베스트 프렌드의 전 남자친구에게 잘 보이기 위해 애쓰는 일이 과연 정상일까 생각했다. 나는 지금 비정상이었다. 어제 저녁은 '내일은 민재를 만나는 날'로 마무리했고, 오늘 아침은 '오늘은 민재를 만나는 날'로 시작했다. 평소 엄마와 같이 쓰던 '한방 샴푸'가 아닌, 향기가 좋은 샘플 샴푸로 머리를 감으며, 내가 확실히 비정상이라고 결론 내렸다.

민재는 분명 내게 만남의 의미를 전달했다. 그 애는 유나와 다시 잘해 보고 싶었고, 그래서 유나의 베스트 프렌드인 내게 도움을 청한 것이다. 그런데도 나는 관심남과 데이트를 앞둔 여자애처럼 예뻐 보이는 데에만 온 신경을 집중했다. 민재에게 예뻐 보인다고 해서 무슨 의미가 있을까? 나는 더 이상 민재를 좋아하지 않고, 민재는 나와 잘해 보고 싶은 마음이 눈곱만치도 없다. 게다가 나에겐 공식적인 남자친구까지 있다. (목에도 팩을 하는 남자친구지만 어쨌든.) 이 무의미한 짓을 하는 이유가 뭘까? 단지 민재가 남자라서? 나는 남자라면 누구에게든 무조건적으로 예뻐 보이고 싶은 단순한 여자애니까?

그런 이유라면 이렇게까지 심장이 두근거릴 리가 없다. 써클 렌즈를 끼는 내내 가슴이 오르내렸다. 이제는 의심의 여지가 없다. 나는 왕년에 짝사랑했던 남자애와의 단둘의 만남에, 잔뜩 긴장하고 있었다. 머릿속 한구석에서 이것을 데이트라 착각하는 내가 한심했다.

"응, 민재야. 지금 한진 상가 앞으로 나왔어."

―그 앞에서 기다리고 있어. 1분이면 도착해.

그 1분 동안 상가의 유리창에 몇 번이나 내 모습을 비춰

보았는지 모른다. 나는 내가 민재에게 미련이 남았다고 생각하진 않는다. 단지…… 한때 내가 최고로 잘 보이고 싶었던 남자와의 예상치 못했던 만남이 가져다준 일시적 쇼크일 것이다. 1초, 2초, 3초를 세면서 내 심장은 헐떡거리기까지 했다. 내 베스트 프렌드와 다시 이어주기 위해 최선을 다해야 한다는 사실을 알면서도 동시에 그 애에게 잘 보이고 싶어 심장마비까지 감수하는 내가, 한편으로는 경악스러웠다. 가끔은 나도 나를 모르겠다는 생각을 한다.

"늦어서 미안해."

그때 민재가 도착했다. 민재는 감지 않은 머리에 비니를 눌러쓰고 회색 트레이닝 바지를 입고 나왔다. 아디다스 슬리퍼 밖으로 삐져나온 발가락들이 제각기 꼼지락거리고 있었다. 그 모습을 보자, 한 시간 동안 수 벌의 옷을 입고 벗었던 나는 토네이도에 가까운 한숨을 쉬고 싶어졌다. 민재는 정말 '거지 같은' 차림이었다.

유나는 자주 민재의 옷차림에 대해 불평했다. 민재는 회색 트레이닝 바지와 노스 페이스 바람막이, 하얀 티셔츠 몇 장과 청바지 두 벌로 1년을 난다고 했다. 천성적으로 멋 부리는 데에 관심이 없는 민재가 외모에서 신경 쓰는 부분은 오로지 '구레나룻'뿐이었다. 그 얘기가 떠오르자 기분이 한결 나아졌다. 나를 아무것도 아닌 애로 생각해 이렇게 막 입고 나온 건 아니라는 증거였다. 민재는 원래부터가 이렇게 내추럴한 애였다.

"오늘 매트랑 약속 있어?"

"아니, 왜?"

"그냥…… 데이트하러 가는 차림인 거 같아서."

나름 꾸미지 않은 것처럼 보이려고 애썼는데. 민재의 그 한마디에 창피함으로 현기증이 일어났다.

"좀 늦은 저녁에 친구 만나거든."

"그렇구나."

민재는 그제야 이해한다는 얼굴로 고개를 끄덕였다. 그리고 한마디 말없이 상가 안으로 쑥 들어갔다. 나는 서둘러 민재의 뒤를 쫓았다.

"점심 안 먹었지?"

"응."

"김밥 좋아해?"

"응."

"참치 김밥 먹자."

"그래."

'응'이라는 말밖에 못하는 여자처럼 보일까 봐 마지막 말은 '그래'로 급히 바꿨다. 민재는 〈김우동〉 집으로 들어가 자리를 잡고 앉았다. 빛바랜 간판이 조금 실망스러웠다. 난 무엇을 기대했던 걸까? 예쁜 커피숍이나 분위기 괜찮은 패밀리 레스토랑? 민재가 참치 김밥 두 개를 시킬 때, 난 가만히 주문을 듣기만 했다. 사실은 입을 쫙 벌려서 먹어야만 하는 김밥 같은 걸 먹기 싫었지만, 내가 주문을 바꿀 타이밍은 이미 지나가버린 후였다.

"여기 유나랑 자주 왔었는데."

"응, 들었어."

"난 만날 참치 김밥 먹었고, 유나는 올 때마다 다른 걸 먹었어."

"걘 다 잘 먹거든."

"여기 오는 거 때문에도 자주 싸웠어."

"아……."

"잘 이해를 못하겠어. 밥은 그냥 허기 때우라고 먹는 거 아니야? 난 식사에 무슨 의미를 그렇게 크게 둬야 하는지 모르겠어. 그런데 유나는 어떻게 1년 내내 분식집에서만 밥을 먹을 수 있냐고 화를 내더라. 너, 매트랑 첫 데이트 했을 때 베니건스 갔었다며."

"그것도 얘기했어?"

"응. 그 얘기하면서 엄청 화냈었어. 자기 입은 그런 거 못 먹는 줄 아냐고."

"난 몰랐어."

"나도 홧김에 화만 냈지. 다른 새끼랑 왜 비교를 하냐고. 넌 그게 이해가 돼?"

"여자애들은 원래 한 달에 한 번이라도 예쁜 데서 밥 먹고 싶은 욕심이 있어. 굳이 그런 패밀리 레스토랑 아니더라도, 요즘은 스시 뷔페나 예쁜 스파게티 집도 많잖아."

"그런가……. 내가 그런 거에 너무 무심해서."

민재는 아무렇지 않게 내 앞에서 비니를 벗고 머리를 몇 번 벅벅 긁었다. 그리고 다시 비니를 썼다. 짧은 시간이었지만 믿을 수 없을 정도로 떡지고 헝클어진 민재의 머리를 보았다.

참치 김밥 네 줄이 나오고, 우린 오 분간 말없이 김밥을 먹기만 했다. 나는 그 아무 대화 없는 오 분이 답답하고 불편해 죽을 지경이었다. 게다가 김밥은 너무 컸다. 보통 때 같았다면 망설일 필요도 없이 입을 아귀처럼 쩍 벌리고 김밥을 씹어 삼켰겠지만, 민재 앞에서 도저히 그럴 수 없었다. 결국 말도 안 되게 김밥을 반으로 나눠 먹었다. 덕분에 시금치와 단무지가 지저분하게 그릇 위로 흩어졌다. 더러운 것보단 용감한 게 낫다 싶어서 두 번째 김밥은 통째로 입에 넣었다. 입을 최대한으로 벌렸을 때 민재와 눈이 마주쳤다. 용감함은 자살 충동을 불러일으켰다. 나는 김밥을 우물우물 씹으면서 동그랗게 보였을 내 콧구멍에 어떤 이물

질도 없었길 간절히 기도했다. 결국 김밥 네 개도 먹지 못하고 젓가락을 내려놓았다.

"유나…… 요즘 내 얘기 안 해?"

김밥 네 개에 소화불량이 올 찰나, 민재가 드디어 입을 열었다.

"당연히 하지. 헤어진 지 얼마나 됐다고."

"나랑 다시 시작하고 싶다는 얘기 한 적 있어?"

"너랑 다시 시작하고 싶어도, 어차피 또 상처받을 거 아니까 선뜻 못 다가가겠대."

"유나 집안 사정이 복잡하다며. 도대체 그 얘긴 뭐야?"

"아, 그거……."

나는 물을 한 모금 삼키고 수학여행에서 유나가 털어놓았던 친척들 간의 유산 분쟁을 짤막하게 들려주었다. 그 안에서 유나가 겪었을 외로움과 당혹감을 과장되지도, 가볍지도 않게 설명했다. 어쨌거나 지금의 나는 유나와 민재의 입장을 모두 대변하는 공동 변호사의 입장으로 이 자리에 나온 셈이었다. 얘기가 모두 끝났을 때, 민재는 몇 초간 아무 말도 하지 않았다. 나는 그가, 한창 감수성이 예민한 십대 시절에 돈 앞에서 무력해지는 혈육의 적나라한 모습을 보고 상처받은 유나를 완벽하게 이해했을 것이라 믿었다.

"고작 그런 일이야?"

그런데 그게 아니었다. 민재의 그 한마디에, 각자 자기 집 사정을 털어놓으며 우정을 도모했던 열댓 명의 우리 반 여자애들이 '고작 그런 일'로 누군가를 음해하기로 작당한 무리처럼 느껴졌다. 민재는 어이가 없다는 얼굴로 비니를 또 한 번 벗었다 썼다. '고작 그런 일'로 치부해 버리는 민재의 무신경한 태도가 당혹스러웠다.

"난 또, 부모님이 어디 아프시거나 집이 부도났거나 그런 줄 알았지. 여자애들이란 진짜…… 뭘 그렇게 확대 해석하냐? 친척들 싸워서 골치 아프다고 쳐. 그래서 우리가 뭘 할 수 있는데? 그냥 무시하면 되잖아. 그걸 왜 굳이 파고 들어가서 스트레스 받아?"

내가 아는 민재는, 아니, 내가 생각했던 민재는 이런 애가 아니었다. 여자친구가 감추어 왔던 비밀을 알게 되는 순간 괴로운 얼굴로 머리를 감싸며 "아, 내가 좀 더 신경 써줬어야 했던 건데!" 하고 죄책감에 무너질 줄 알았다. 그러니까…… 보통 순정만화에 나오는 남자애들처럼. 누구보다 속이 깊고 자상하지만, 표현할 줄 몰라 무뚝뚝하게 비쳐지는 그런 남자주인공처럼. 물컵을 쥐고 있던 내 손가락이 빳빳하게 굳었다. 내가 판타지를 품고 있던 대상은 '나의 남자친구'뿐만이 아니었다. 나는 내 입맛에 맞는 대상마다 나만의 이상향을 설정해놓고 실제로도 그럴 거라 어림짐작했던 것이다.

"남자친구한테 얘기하기 껄끄러운 문제잖아. 유나 성격이 원래 남한테 피해주는 거 싫어하기도 하고. 괜히 집안 얘기해서 분위기 무겁게 만들고 너 곤란하게 만들까 봐 걱정했던 거야."

"왜 지 멋대로 생각하고 지 멋대로 결정해? 나만 나쁜 놈 된 거잖아."

"만약 유나가 솔직하게 얘기했어도, 넌 지금처럼 반응했을 거잖아."

"뭐?"

"그렇게 아무렇지 않게 무시하는 네 태도에 유나가 더 상처받았을 거란 생각은 안 해봤어?"

"그거야…… 지금은 당사자랑 얘기하는 게 아니니까 그렇지……."

변명이랍시고 웅얼거린다. 아마 유나가 얘기했어도 민재는 똑같이 반응했을 것이다. 민재에게는 여자의 섬세하고 예민한 신경세포를 보듬어 주고자 하는 개념 자체가 없다. 여자애들이 너무 예민한 걸까? 남자애들이 너무 무신경한 걸까? 정작 내 남자친구에게선 느끼지 못하는 남녀 사이의 대서양을, 내 친구의 전 남자친구에게서 배우고 있다. 연애를 스스로 경험하기 전에 타인에게 배우는 것은 위험한 일인 것 같다. 사귄 지 얼마 안 된 풋풋한 커플 새내기인 나는, '연애'라는 두 글자에서 오는 모든 의사소통의 문제점이 벌써 피곤해졌다.

"전화는…… 왜 그렇게 안 받는 거야?"

민재는 컵을 만지작거리며 내 시선을 피했다. 이 주제에서 도망치고 싶어 하는 것이 분명했다.

"게임하다 보면, 친구랑 놀다 보면 전화 못 받을 수도 있는 거잖아. 그거 하나 갖고 내가 무슨 대역죄라도 지은 것처럼 몰아세우는 거 좀 짜증 나. 여자가 자꾸 그렇게 닦달하면, 전화 온 거 봐도 괜히 받기 싫어진다고."

"일부러 안 받은 거야?"

"그건 아니야. 그냥, 가끔 좀 짜증날 때가 있었어. 내가 더 궁금하다. 도대체 문자랑 전화가 뭐 그렇게 중요한데?"

"연락 안 되면 의심되잖아. 딴 여자애랑 있는지도 모르고……."

"사랑은 믿음 아니냐?"

민재의 입에서 '사랑'이라는 단어가 나오자 이상하게 손발이 오그라들었다. 나는 늘 민재가 다른 남자애들과 다르다고 생각했다. 말이 없고 무리지어 다니지 않았기 때문이다. 그런 남자애들은 속이 깊고 어른스러울 것이라 생각했다. 그러나 직접 마주 보며 대화하는 민재는, 한 꺼풀 벗겨진 민재는…… 그냥 이것저것 다 귀찮은 평범한 남자애일 뿐이었다. 그제야 민재의 하얀 티셔츠 목 언저리 부분에 김치 국물이 묻어 있는 것이 눈에 들어왔다.

"물론 난 아직 유나를 좋아해. 하지만 왜 자꾸 그렇게 구속하려고 하는지 모르겠다."

"구속이 아니야. 좋아하는 사람이 어디서 뭘 하는지 알고 싶은 것뿐이지."

"그게 구속인 거야."

어디선가 남자와 여자는 서로 다른 언어로 얘기한다는 문장을 읽은 적이 있다. 이제야 그 말이 이해될 것 같았다.

"그러니까 네 결론은 이거네. 내가 다시 유나랑 잘되려면, 끊임없이 전화하고 문자 보내서 챙겨줘야 한다는 거."

"……응."

"여자애들 진짜 이상하다. 보수적인 남자는 싫어하면서 지들은 완전 구속받고 싶어 하잖아."

맞다. 우리는 이상하다. '여자가~'로 시작되는 보수적인 문법에는 치를 떨면서, 내 짧은 치마 기장에 화를 내는 남자친구의 보수적인 행동은 꼼꼼히 기억해뒀다가 밤새 되감기한다. 나는 홀로 설 수 있는 강한 여자애고 싶지만, 남자친구에겐 끊임없는 보살핌과 사랑이 필요한 연약한 화초이길 바란다. 이 모순을 남자애들에게 이해시키는 게 과연 가능한 일일까?

"유나한테 가서 얘기해 줄래? 앞으로 내가 성격 고치려고 노력해 볼 테니까, 다시 한 번만 생각해 달라고."

"……그렇게 유나가 좋아?"

"응. 예쁘잖아."

그것 외엔 별다른 대답이 필요 없다는 말투다. 민재는 물 한 모금을 마시고 먼저 일어섰다. 내가 먼저 그만 가자고 얘기했어야 하는 건데. 이 타이밍에서 왜 자존심을 내세우고 싶은 건지 모르겠다.

"소현아, 너 천 원짜리 있어?"

나는 무표정으로 지갑에서 천 원짜리 두 장을 꺼내 내밀었다.

"미안. 만 원짜리라서. 거스름돈 귀찮잖아."

세상만사가 귀찮은 민재님의 말씀이시다. 민재는 분식집을 나서기 전 유리창 앞에 꼿꼿한 자세로 섰다. 그리고 세상에서 유일하게 귀찮지 않은 행동, 구레나룻 다듬기에 집중했다. 나는 먼저 유리창을 열고 나왔다. 심각한 얼굴로 비니 아래 꼬인 머리카락을 다듬는 민재를 보고 있자니, 내가 길 가다 저 아일 봤어도 첫눈에 반했을까 싶다.

"어? 비 온다."

상가를 반쯤 지났을 때 갑자기 하늘에서 굵은 빗방울이

쏟아졌다. 어깨를 내리치는 빗소리를 들으니 보통 굵은 게 아니다. 금세 어깨가 젖어들었다. 우리는 오늘 처음으로 일심동체가 되어 상가 뒷문으로 뛰어갔다.

"잠깐만 기다려."

민재는 짜증스러운 얼굴로 하늘을 올려다보더니, 손으로 가리개를 하고 근처 편의점으로 달려갔다. 민재의 티셔츠가 금세 흠뻑 젖는 것이 보인다. 매직으로 빳빳하게 폈던 내 머리카락 위로 금세 보풀이 일어났다. 한숨을 쉬며 민재를 기다리고 있는데 핸드폰 진동이 느껴졌다. 매트다.

"어."

―어디야?

"밖에 잠깐 나왔다가 지금 들어가려고."

―비 오는데 괜찮아? 우산 있어?

잠시 맷에게 데리러 와달라고 부탁할까 생각했다. 맷의 집은 이 근처다. 내가 부탁만 한다면, 그 애는 파라솔 크기의 우산을 들고 단숨에 뛰어나올 것이다. 맷은 세심한 성격대로 내게 무언가를 해주는 것을 참 좋아했다. 그때 저만치서 새 우산을 든 민재가 걸어오는 것을 보았다. 민재는 우산을 가리키며 미소 지었다.

"……응. 우산 있어."

―그래? 다행이다. 비 맞지 말고 조심해서 들어가. 집에

가면 전화하고.

"응, 그럴게."

핸드폰을 주머니에 넣은 순간, 민재가 물이 뚝뚝 떨어지는 우산을 내 쪽으로 내밀며 들어오라고 손짓했다. 새까만 우산은 아주 커다랗고 단단해 보였다.

"마침 딱 하나 남아 있더라고."

우리는 꼭 붙어서 걸었다. 가끔 우산 손잡이를 쥔 민재의 손이 내 얼굴에 닿을 때가 있었다. 그때 민재는 내가 더 민망할 정도로 화들짝 놀라면서 "괜찮아?" 하고 연신 물었다. 걸으면 걸을수록 우산은 내 쪽으로 더욱 기울어졌다. 만사가 귀찮고 무신경한 민재라도, 남녀가 함께 우산을 썼을 때 누구 쪽으로 더 기울여 줘야 멋진 그림이 나오는가에 대해선 잘 알고 있는 모양이다. 그 애는 내 발걸음에 맞춰 보폭을 좁혔다. 우린 비 한 방울 맞지 않고 이 모진 빗속을 헤쳐 나가겠다는 의지로 완벽한 팀워크를 보여주었다.

"101동 살지? 그 앞까지 데려다줄게."

"고마워."

"인도 쪽으로 걸어. 물 튀겠다."

민재는 특유의 무심한 얼굴로 나를 인도 쪽으로 밀어냈다. 그 순간 택시가 요란한 소리를 내며 지나쳤다. 마치 CF의 한 장면에나 나올 법한 부채꼴 모양의 물 폭탄이 쏟아졌다. 민재는 아주 자연스럽게 몸을 틀어 도심 한복판에서 일어난 파도를 막아주었다.

"괜찮냐?"

"응."

그 이후로는 둘 다 말이 없었다. 유나에 대해서도, 맷에 대해서도 얘기하지 않았다. 평소에 거의 말을 주고받지 않았던 민재와 고요하게 걸으면서도 편안하다는 사실이 놀라웠다. 내 얼굴 아주 가까이에 있는 민재의 손에서는 옅은 담배 냄새가 났다. 석양 아래서 홀로 벤치에 앉아 담배를 피우는 민재의 모습을 상상했다. 민재라면 담배 연기로 도넛을 만들거나, 그 도넛 안으로 화살을 꽂는 유치한 행동 따윈 절대로 하지 않을 것 같다. 그저 조용히, 아주 멋지게 담배만 피울 것 같다. 내 병은, 아무래도 불치병인 모양이다.

"조심히 들어가."

민재가 내 어깨를 한 번 툭 치며 씩 웃었다. 큰 우산을 쓰고 빗속으로 뛰어드는 민재의 한쪽 어깨에서 물이 뚝뚝 흘러내렸다. 아까 전 택시가 터뜨린 물 폭탄을 맞은 등도 흠뻑 젖어 있다. 민재의 등은 아주 곧고 탄탄했다. 나는 주차장 너머로 사라지는 민재의 뒷모습을 가만히 응시했다. 저런 무신경한 남자친구를 일 년이나 참고 봐준 유나의 인내심의 뿌리가 어디인지 어렴풋이 알 것 같았다. 민재는 동경

받을 만한 남자애는 아니었다. 그러나 그 무신경함에 지칠 때쯤, 그 애는 여자친구가 원하는 '그림'을 그려줄 줄 알았다. 의도했건 하지 않았건 간에 말이다. 나는 아주 매력 없는 남자애에게 흠뻑 빠졌던 것은 아니었다. 그건 왠지 모를 안도감과 씁쓸함을 동시에 안겨주었다.

다음 날, 나는 유나에게 어제 민재와 단둘이 만나 네 얘기를 했노라고 순순히 고백했다. 유나는 의심하거나 기분 나쁜 표정을 짓지 않았다. 담담한 얼굴로 민재의 의사를 대변하는 변호사의 말을 경청했다. 나는 유나에게 늘 네가 얘기했던 민재의 유치함과 무신경함이 어떤 성질의 것인지 대충 알 것 같다고 말했다. 유나는 대답 대신 미소만 지었다. 그러나 그 애는 천성적으로 쪼잔하기보단 그냥 남자로서의 가오를 중시하는 귀여운 고등학생일 뿐이다. 나는 나의 개인적인 감상을 곁들여 유나에게 재결합 가능성을 은근히 떠보았다. 유나는 한참이나 대답이 없었다. 내 친구는 조용히 한숨을 쉬더니, 사실은 관심 있는 사람이 생겼다고 고백했다. 그러나 그 남자애가 누구인지는 끝까지 말해주지 않았다.

책상에 엎드려 자는 유나 몰래, 마리아에게 어제 민재와 우산을 같이 쓰면서 느꼈던 감동에 대해 최대한 가볍게 털어놓았다. 내가 그 몇 분 간 느꼈던 두근거림을 최대한 배제한 말투로. 마리아는 꼬리빗으로 가르마를 타며 혀를 찼다.

"걘 그래서 안 된다는 거야! 그 정도 젖었으면 우산은 너한테 넘기고 지는 뛰어가는 게 정상 아니야? 그게 진정한 남자의 태도지!"

마리아의 혀 차는 소리를 들으며 다시 한 번 진리를 복습했다. 정말이지, 혼자 간직하는 추억만이 아련한 법이다.

수학여행 마지막 밤의 고해성사 이후 우리 반 여자애들은 부쩍 친해졌다. 예전에는 무리지어 놀다가도 밥 먹을 때면 흩어지던 애들이, 이제는 식당에서 거대한 떼를 지어 우르르 몰려다닌다. 유나는 새로 사귄 친구들과 잘 어울렸다. 새 친구들이 외로움을 덜어준 덕분인지 민재와의 재결합은 이루어지지 않았다. 옆 반인 민재는 지금도 가끔 우리 반을 흘끗거리며 유나의 동태를 살핀다. 그러나 가오를 중시하는 그 애의 천성답게, 유나에게 울며불며 매달리거나 책상 위에 꽃다발을 놓고 사라지는 로맨틱한 사과를 연출하진 않았다.

가끔은 복도에서 민재와 눈이 마주쳤다. 우린 한숨 섞인 시선을 교환하고 각자 제 갈 길을 갔다. 나는 유나와 민재가 다시 잘되길 바랐다. 그날의 '우리' 만남이 쓸모없는 시간이 아니었다는 것을 증명하고 싶었기 때문이다. 그러나 유나의 마음은 요지부동이었고, 민재와 내가 나눈 대화들은 쓸쓸히 접혔다. 민재와 나의 관계는 유나라는 매개체가 없으면 아무것도 아닌 이름과 이름일 뿐이었다. 몇 분이라도 인생의 한 부분을 함께 나눈 사람이 당연히 아무 관계도 아닌 사람으로 분류된다는 사실에 얄팍한 공허함을 느꼈다.

　나, 생각보다 정이 많은 인간인 것 같다. 상처를 많이 받게 되는 성격인 걸까. 아주 조금 겁이 난다.

안녕, 매트 박

"oh my mind, 감은 눈을 떠~ 이제 Rush 다가올, 저 앞을 봐~"

2주마다 한 번씩 있는 연습으로 다듬어진 유나의 목소리는 중탕된 초콜릿처럼 진득하면서도 달콤했다. 나는 음악실 맨 뒷자리에 앉아 리쌍의 'Rush'를 열창하는 유나와 맷을 바라보았다. 맷의 한글 랩은 영어 랩보다 훨씬 나았다. MR에 맞춰 노래하는 세 사람은 진심으로 근사했다. 처음 다 같이 노래방에서 싸구려 MR에 맞춰 열창하던 때가 떠올랐다. 그때만 해도 솔직한 심정으로 이 사람들과 함께 무대에 오르는 것이 창피하다고 생각했다. 그러나 지금은…… 왠지 아쉽다. 스포트라이트가 무색하지 않은 무대가 될 것 같다.

"너무 '정인' 목소리 따라 하려고 하지 말고, 그냥 유나

네 목소리대로 불러도 될 거 같아. 매력 있잖아. 어쨌든 처음보다 훨씬 좋아졌다. 우리 대박 나는 거 아니야?"

"당연하죠!"

윤미래만큼 걸걸한 목소리의 소유자인 후배가 맞받아치며 웃는다. 연습 분위기는 늘 좋다. 랩 발음이 꼬일 때마다 웃음이 터지고, 당장 무대에 올려도 손색없는 라이브를 마쳤을 때마다 우리끼리 우레와 같은 박수를 쏟아낸다. 중학생 때부터 내게 '부서 활동'이란 단지, '조는 장소가 바뀐 것'에 불과했다. 한 시간 정도 무언가를 하는 척하다가, 나머지 시간들은 어울려 수다를 떨거나 흩어져 머리를 기댈 수 있는 곳이라면 어디든 누워 잠을 잤다. 목적 있는 부서 활동은 난생 처음이다. 그리고 마지막이 될 터였다. 대학에 들어가서도 동아리 활동을 할 수 있겠지만, 언니는 대학 동아리란 결국 축제 때 주점을 열어 돈을 벌기 위한 임시 포장마차라고 했다. 한 시간이라도 스포트라이트를 받을 수 있는 그 순간, 나도 무언가를 경험하고 싶다. 하지만 이제 와서 무얼 할 수 있을까…….

하릴없이 책상을 손톱으로 토독토독 거리고 있을 때, 마리아가 내 어깨를 툭 쳤다.

"쟤네 분위기 묘하지 않냐?"

1학년 남자 후배가 척 보자마자 의미를 알 수 있는 눈빛으로 유나를 바라보고 있었다.

"고백 받았대."

"진짜?"

"유나 남자친구랑 깨진 거 알고 쟤가 대시했는데, 유나가 찼다더라."

"왜? 귀여운데?"

"나야 모르지."

불현듯 유나가 스쳐 지나가듯 했던 말이 떠올랐다. **나 요즘 관심 있는 사람 있어.** 나와 마리아가 추궁을 안 했을 리 없다. 그러나 유나는 나와 다르다. 말부터 내뱉고 현실로 만들기 위해 얼떨결에 누군가를 좋아하기 시작하는 여자애가 아니라는 소리다. 유나는 철두철미하게 자신의 감정을 정밀조사하고 있을 터였다. 나는 그런 과정을 전혀 거치지 않고 맷을 좋아하기 시작했지만, 지금은 별 상관 없다는 생각이 든다. 매트 박은 정말 귀엽고, 난 늘 유쾌한 그 애가 좋다. 물론 민재와는 별개다. 민재는…… 그냥 내가 그려보고 싶었던 그림이었달까. 그런 그림은 머릿속으로 그렸을 때가 가장 완성도 높고 예쁜 법이다.

"맞다, 소현이 너한테 부탁할 게 있는데. 너 작사 안 해볼래?"

다 함께 매점으로 원정을 떠나면서 맷이 생각지도 못했

던 말을 불쑥 꺼냈다

"작사?"

"축제 때 아무것도 안 하면 재미없잖아. 무대 서는 게 싫으면 작사하는 건 어떨까 해서."

"그냥…… 글만 쓰라고?"

"기존의 대중 힙합 곡들로만 무대 채우는 건 좀 재미없잖아. 이 근처 실용음악 학원에 아는 형이 있거든. 같이 작곡해 볼까 생각 중이야. 물론 어설프겠지만……. 어쨌든 우리가 만든 곡 나오면 공CD에 담아서 파는 거야. 이천 원, 삼천 원 정도로. 어때? 돈 모이면 우리 공연 끝나고 회식비로 쓰기 딱 좋잖아."

"진짜 멋지다!"

그게 가능할까, 라고 반문하려는 순간 유나가 황홀한 얼굴로 고개를 불쑥 내밀었다.

"아마추어이면서도 프로 같은 느낌이잖아!"

"응. 재밌겠지. 부탁할게. 거창한 가사는 필요 없고, 그냥 우리 얘기를 써봐."

"우리 얘기?"

"그냥, 학교 생활에서 느끼는 감정이나 공감 가는 이야기들 있잖아. 강요하는 건 아니야. 난 그냥 너도 참여했으면 좋겠다 싶어서."

작사라니……. 한 번도 생각해본 적 없다. 하는 것 없는 나도 부서의 일원이라는 것을 잊지 않고 내 자리를 마련해 준 맷이 너무도 고마웠다. 작사라면 무대를 휘저으며 '푸처 핸썹'을 외칠 필요는 없다. 관객을 사로잡을 눈빛을 연구할 필요도 없다. 그러나 마이크를 통해 내 생각을 대강당에 울려 퍼지게 할 수는 있다. 학교 생활, 우리들의 공감. 하루에 반나절을 떠드는 이야기들이다. 그러나 공기 중으로 퍼지는 수많은 단어들을 한 번도 정리해서 생각해 본 적은 없었다.

"참, 너 혁수는 진짜 별로야?"

맷이 초코바를 유나에게 내밀면서 곁눈질로 1학년 후배를 가리켰다. 아주 짧은 시간이지만 유나의 얼굴이 순식간에 굳어졌다.

"왜?"

"아니…… 혁수가 너한테 고백했다가 차였다는 얘기 들었거든. 쟤 후배지만 진짜 괜찮은 놈이야."

"그래서, 내가 걔랑 꼭 사귀기라도 해야 돼?"

유나의 목소리에 쓸데없는 날이 잔뜩 서 있다. 나와 마리아가 순간 놀라 눈을 껌뻑이며 시선을 교환했다.

"매트 넌 내가 혁수랑 사귀었으면 좋겠어?"

"나야…… 같은 부서 안에서 커플 탄생하면 좋지. 연습 분위기도 좋고."

맷은 자신이 무얼 잘못했는지 모르겠다는 얼굴로 콧등을 긁적였다. 유나의 날 선 시선이 한참이나 맷을 향했다.

"야, 왜 그래? 얜 그냥 그랬으면 좋겠다고 얘기한 건데."

"남의 사생활에 간섭하는 거 질색이야."

유나는 맷이 내민 초코바를 도로 돌려주고는 먼저 매점을 나섰다. 오 분 전까지만 해도 맷의 공CD 판매 계획을 누구보다 열렬하게 찬성하던 유나였다. 연습 분위기도 더없이 좋았고, 저 후배 녀석이 엮이는 것조차 수치스러울 만큼 폭탄인 것도 아니다.

"왜 저러는 거야?"

"그날인가 봐."

마리아는 대수롭지 않게 대답하고는 유나가 남기고 간 초코바 껍질을 뜯었다. 유나는 나와 생리 주기가 똑같다. 원래 친구들끼리는 생리 주기가 닮아가는 법이다. 마리아는 저번 주 수요일에 끝났고, 나와 유나는 금요일에 끝났다. 그새 다시 생리가 시작했을 리도 없다. 그러나 이런 자세한 이야기를 남자애들 앞에서 하는 건 실례인 것 같아서 입을 다물었다. 그 순간, 조용히 뚜껑을 덮고 있던 나의 '식스 센스'가 벼락 같이 문을 열고 달려와 나를 두드렸다. '번개처럼'이라는 표현이 완벽하게 맞아떨어지는 순간이었다.

나 요즘 관심 있는 사람 있어.

내 옆에서 열심히 비빔면을 비비고 있는 맷을 바라보았다. 유나는 늘 맷의 성격을 긍정적으로 바라보았다. 맷은 민재와 정반대의 성격이기 때문이다. 꼼꼼하고, 자상하고, 세심하며, 말이 많다. PC방 의자에 엉덩이를 맡기는 일 외엔 뭐든 귀찮아하는 민재와 달리, 맷에게는 행동력과 추진력이 있었다. 새 동아리를 창설할 때도, 맷이 나를 위해 첫 데이트 코스를 미리 예약해 두었을 때도, 축제에 대한 좀 더 구체적인 계획을 짤 때도, 유나는 늘 감탄스러운 눈으로 내 남자친구를 바라보았다. 내겐 맷의 장점만큼이나 단점도 확실하게 보였다. 그러나 유나에겐 아니었다. 내가 민재의 단점을 장점만큼 들여다보지 못했듯이.

"먹어, 소현아. 다 비벼졌어."

맷과 유나와 함께 매점에 내려왔던 적도 수없이 많다. 유나는 늘 내 비빔면을 대신 비벼주는 맷의 다정한 행동에 폭풍 같은 한숨을 내쉬곤 했었다. 그땐 단순히 민재의 무심함에 대한 속상함의 표현이라고만 생각했다. 하지만 지금 와서 생각해 보면…… 내 남자친구가 바로 유나가 늘 원해 왔던 이상적인 남자였다. 혹시 유나는, 매트 곁의 내게 자신의 모습을 겹쳐 보곤 하지 않았을까. 예전에 내가 민재와 유나 사이에서 그랬듯이.

**친구는 닮는다.** 지금처럼 그 말을 믿고 싶지 않았던 순간이 없었다.

"기분 좀 괜찮아?"

유나는 구석 자리에 엎드려 있었다. 혼자만의 가설로 나의 가장 친한 친구가 내 남자친구에게 관심 있다는 결론을 내리고 나니, 유나를 바라보는 가슴이 괜히 두근거린다. 부정적인 두근거림이다. 물론 많은 시간을 함께 보내온 내 친구가 남의 남자친구에게 은근히 추파를 던질 만큼 막장 캐릭터가 아니라는 사실쯤은 잘 알고 있다. 단지, 여자애들만이 알 수 있는 이 미묘한 경계의 기류를 앞으로 어떻게 헤쳐 나가야 할지 막막할 뿐이다. 내가 혼자 너무 앞서 나간 것일까? 나는 원래가 최악의 사태를 일 분 안에 그려낼 수 있는 쓸데없는 능력의 소유자다. 모든 것이 나의 고질적인 예민함에서 비롯된 착각이기를 빈다.

"맷은 그냥 네가 외로워 보여서 걱정돼서 그런 거야. 억지로 사귀라는 게 아니라."

"외로운 건 맞아."

유나는 부스스 몸을 일으켰다. 오늘 유나의 헤어스타일은 늘 해오던 '아오이 유우' 머리가 아니다. 자연스러우면서도 약간 지저분하게 흐트러져 있다. 유나의 작고 가냘픈 체구에 잘 어울리는 헤어스타일이다.

"그래서…… 자꾸 이상한 생각을 해."

심장이 덜컥 내려앉았다.

"무슨 생각?"

"아무것도 아니야."

유나는 손바닥에 얼굴을 묻고 한숨을 쉬었다. 열로 달아오른 유나의 옆얼굴이 예쁘다. 내가 좋아했던 남자애가 나보다 훨씬 더 좋아했던 얼굴. 이렇게까지 유나에게 신경 쓰이는 이유는, 결국 나의 홀로 한 실연의 경험 때문일까? 내 자격지심으로 괜히 유나를 의심하는 것이라면 미워해야 할 사람은 누구도 아닌 나 자신이다. 아, 시간이 흘러도 떼어낼 수 없는 껌 같은 이 집착이라니. 내 자그마한 뇌에 들러붙은 인생의 화두가 학업도, 대학도 아닌 친구와 남자가 전부라는 사실이 한심하다.

"그냥 나를 많이 신경 써주는 남자친구를 갖고 싶어. 그게 다야."

모든 여자애들의 꿈이다. 그러나 '나를 많이 신경 써주는 것'과 '남자친구로서의 설렘'은 서로 다른 이야기다. 많은 여자애들이 어떤 남자애가 자신을 좋아해 준다고 무조건적으로 마음을 열진 않는다. 결국 자상함이나 배려보다 원하는 그 무엇이 있다는 뜻이다. 어쩌면 그것은 '가질 수 없는 것'에 대한 환상일지도 모르겠다. 그러나 지금은 유나에게 이런 이야기를 할 타이밍이 아니었다.

"넌 정말 좋겠다, 소현아⋯⋯. 맷 같은 남자애는 정말 찾아보기 힘들어."

또 내 남자친구의 이름이 오르내린다. 난 입술을 질끈 깨물었다.

"왜 자꾸 그 얘기를 하는 거야?"

"뭐?"

"너 몇 번째인 줄 알아? 맷 같은 남자애 찾기 힘들다, 맷 정말 괜찮다, 맷 같은 남자친구 있었으면 좋겠다, 셀 수도 없이 했어."

"난 그냥 네가 부러워서 그런 건데⋯⋯."

"그러면 네가 맷이랑 사귀든지!"

나도 모르게 신경질적으로 말하고 의자를 박차고 일어섰다. 모두 부서 활동으로 뿔뿔이 흩어진 터라 교실에는 엎드려 자는 몇몇의 남자애들만 남아 있었다. 그 남자애들의 귀를 예리하게 살폈다. 모두 이어폰을 꽂고 있는 것으로 보아 지금 우리의 대화를 들은 사람은 아무도 없는 것 같다. 유나가 놀란 얼굴로 나를 올려다보았다.

"왜 그런 얘기를 하는 거야?"

"유나 네가 좋아하는 남자애가 도대체 누군데?"

"⋯⋯네가 무슨 생각하는지 알겠어. 너 오해하는 거야."

"그럼 오해하지 않게 행동하든가."

"너 꼭 내가 뒤에서 음흉한 짓이라도 하고 다닌 것처럼 얘기한다?"

"예민하게 굴어서 미안한데, 요즘 네 행동이나 눈빛을 보면 누구든 나처럼 행동했을 거야."

"내가……."

유나는 떨리는 목소리로 덧붙였다.

"……내가 어떻게 친구의 남자친구를 건드니."

그건 전 세계 여자친구들 사이에서의 암묵적인 규칙이다. 두 명 이상의 여자애들이 친구가 되는 즉시, 우리는 보이지 않는 계약서에 투명 지장을 찍는다. **뒷담화를 하지 않는다. 친구 고유의 패션을 따라 입지 않는다. 함께 누군가를 흉본다. 가정에서의 불화를 솔직하게 털어놓는다. 남자 문제로 갈라서지 않는다.** 계약서에 명시된 내용들은 너무도 글로벌적이라 전 세계에서 통용될 정도다. 우리는 딱히 서로에게 부탁하지 않아도 이 규칙들을 숙지하고 지켜야 한다는 것을 알고 있었다. 그중 어느 하나만 어겨도 오늘 잡았던 손이 내일부터 주먹이 되어 날아올 수 있었다.

"……예민하게 군 거 미안해."

유나는 불같이 화내지 않았다. 오히려 그런 반응이 더 마음에 걸렸다. 정말 한 치의 부끄러움도 없다면, 어떻게 그런 오해를 할 수 있냐며 내게 눈을 부라렸어야 정상 아닐까. 나는 지금 유나가 나를 심할 정도로 질책해 주길 바랐다. 나의 착각이 수치스러워질 수 있게. 그러나 유나는 자신의 인간성을 의심한 내게, 더 이상 싸움을 걸어오지 않았다. 우리는 더 이상 아무 말도 하지 않았다. **내가 어떻게 친구의 남자친구를 건드니.** 그것은 내게 한 말이라기보다, 유나 자신에게 한 말처럼 느껴졌다.

"소현아, 양갱 남았는데 좀 먹을래?"

뒷문에서 마리아가 성큼성큼 걸어오는 것이 느껴진다. 유나는 붉어진 얼굴을 감추기 위해 다시 엎드렸고, 나는 입술을 요리조리 움직이며 딱딱하게 굳었던 얼굴 근육을 풀었다. 아무 일도 없었던 척 유나 곁에 앉아서 마리아가 내민 양갱을 오물오물 씹어 먹었다.

달콤하고 물컹한 양갱을 이로 짓이기면서, 몇 살이나 더 먹어야 '여자 친구 문제'에서 완벽하게 해방될 수 있을까 생각했다. '여자애'라는 존재는 감성과 동정, 질투와 의심으로 이루어진 하나의 예술적인 모순의 유기체다. 만약 내가 '여자애'가 아닌 '여자 어른'이 되면, 여자애들의 눈빛과 손동작 하나에 의미를 부여하고 가설을 설정하고 음모론을 확신하는 이 피곤한 습관에서 벗어나게 될까?

주민등록증을 위조하는 방법은 아주 쉽다. 그리고 고전적이다. 우리 언니가 처음 만취 상태로 집에 들어온 건 고3 여름이었는데, 그때 언니의 지갑에서는 84년생으로 위조된 주민등록증이 발견됐다. 언니는 아빠에게 두 대 정도 얻어맞은 후 담담한 표정으로 주민등록증 위조 방법을 간략하게 설명했다. 이 방법은 몇 년이 지난 지금도 끊임없이 애용되고 있다.

우선 면봉에 약물을 묻혀 코팅된 주민등록증 표면을 문지른다. 어느 정도 벗겨졌다 싶으면 칼을 이용해 남은 코팅 찌꺼기들을 예리하게 도려낸다. 그 후 아무 책 뒷면에 있는 바코드를 잘라 물에 불린다. 그렇게 되면 종이와 비닐이 부드럽게 분리되는데, 분리된 투명 바코드에서 필요한 숫자를 잘라 주민등록증 앞자리에 박는다. 햇빛에 말리고 나면 끝이다. 물론 자세히 보면 티도 나고 어설픈 부분도 있지만, 어두운 술집이나 클럽에서는 쉽게 들키지 않는다. 많은 내 친구들이 이 수법으로 술집과 클럽을 드나들고 담배를 샀다. 나야 굳이 민증을 위조할 필요가 없었다. 난 담배도 피우지 않고, 알코올 초기 중독자도 아니기 때문이다.

그러나 이번 주 금요일에 클럽을 가자는 맷의 제안에,

난 우리 반 민중 위조 장인에게 오천 원을 주고 범죄를 부탁해야만 했다. '클럽'이란 단어에서는 나와 다른 세계에 살고 있는 아이들의 아지트 같은 비밀스러운 마력이 풍겼다. 솔직히 말하자면 난 클럽 음악이나 클럽 패션에는 별관심이 없었다. 그러나 내가 모르는 세상에 발 도장을 찍고 분위기를 파악한 후, 클럽을 아예 모르는 아이들에게 "이 세상엔 그런 곳도 있어" 하고 약간의 아는 척을 하길 바랐다. 인터넷에 클럽을 드나드는 십 대에 대한 우려의 기사가 실리면, 그 아래 전혀 우려할 바가 없다는 시니컬한 글 몇 줄을 남기고 싶었다. 요즘 어른들은 십 대를 너무 모른다는 다소 건방진 비판과 함께. 내가 바라는 것은 그게 다다.

그 소박한 욕심이 재수 없게 걸리면 '문제아'가 되는 것이고 그렇지 않으면 '반짝거리는 일탈을 꿈꾸었던 평범한 여고생'이 되는 것이다. 똑같은 사건에서 전혀 다른 이미지가 파생될 수 있는 것이 현재의 내 나이다. 나는 남들보다 조금 일찍 금지된 사과를 따 먹음으로써 십 대 시절에 특별한 흔적을 남기고 싶었다. 허술한 삼팔선을 넘고 싶은 이유로서 충분하지 않은가.

"너 유나랑 무슨 일 있었어?"

"아니."

"둘이 분위기 되게 딱딱해. 내가 눈치 없는 년도 아니고. 뭔데?"

"그냥, 그때 매점에서 유나가 맷한테 너무 심하게 말한 것 같아서 좀 짜증 났거든. 그거 때문에 가볍게 말다툼했었어. 그 뒤로 풀었는데…… 우리 둘 다 '꽁'한 게 좀 있잖아."

"남자 때문에 싸우냐? 등신들."

마리아는 어이없다는 듯 콧방귀를 뀌고 컨실러를 내밀었다. 유나는 오늘 또 점심을 거르겠다고 했다. 원래는 지금 이 시간 이 자리에서, 난 틴트를 바르고 마리아는 피부 결을 정리하고 유나는 헤어스타일에 집착했어야 했다. 마리아의 말대로 고작 남자 문제 때문에 며칠째 사시 눈을 뜨고 얘기하는 우리 둘 다 한심스럽다. 좀 더 쿨 하고 포옹력 있는 친구가 되고 싶다. 아마 유나도 나와 같은 마음일 것이다. 이런 성격의 우리가 아무 일도 없었다는 듯 다시 어울리기 위해서는 '사건'이 필요하다. 과거의 소소한 다툼을 모르는 척 무시하고 의기투합해서 집중할 수 있는 어떤 사건이. 여자애들이 끊임없이 일으키는 사건들은, 사건 그 자체라기보다 굳이 결론 내고 싶지 않은 소소한 사건들을 묻어버리기 위한 해결책일지도 모르겠다.

언니의 화장대는 서울 같다. 땅은 한정되어 있는데 인구는 넘쳐난다. 끊임없이 유입되는 인구 때문에 서랍장이니 책상 같은 위성도시를 세워보지만, 그래도 늘 북적거리고 넘쳐나는 곳은 서울뿐이다. 조금만 건드리면 화장품들이 우르르 무너질 것 같은 아슬아슬한 화장대 앞에 섰다. 언니에게 들킨다면 죽음이다. 아니, 언니의 방에 몰래 들어왔다는 것만으로도 난 이미 사형감이다.

언니는 나와 마찬가지로 프라이버시가 침해 받는 것을 무엇보다 싫어한다. 노크도 없이 방문을 벌컥 열고 과일 담긴 쟁반을 들고 들어오는 엄마는 저승사자보다 싫다. 나와 언니가 신경질을 낼 때마다, 엄마는 엄마가 딸 방에 못 들어올 이유가 뭐냐며 오히려 성을 냈다. 내 책꽂이를 뒤진 흔적이 있거나 몇 장 쓰지 않은 다이어리를 훔쳐본 흔적이 있으면, 난 경기를 일으키며 대들었다. 그럴 때마다 엄마의 태도는 한결같았다. **난 네 엄마야. 엄마가 딸 뭐 하고 다니는지 보는 게 잘못이니?** 엄마는 가끔 70년대가 배경인 드라마를 보며 엄마에게도 소녀 시절이 있었다고 아련한 목소리로 읊조린다. 그러나 '엄마의 특권'을 주장하며 딸들의 사생활을 뒤지는 엄마를 보면, 소녀 시절은 이미 깜깜히 잊힌 것이 틀림없다. 그렇지 않다면 딸의 입장에서 내 물건에 손대는 것이 얼마나 끔찍하게 싫은지 이해하고 배려해 줄 테니까.

하여튼 엄마의 목적 없는 방문에 넌덜머리 난 나와 언니는 '프라이버시 존중'이라는 이름 아래 동맹을 맺었다. 우리는 절대로 서로의 방에 드나들지 않았고, 어쩔 수 없는 상황이 발생하면(향수가 필요하거나 머리핀 좀 빌리거나) 핸드폰을 통해 허락을 구했다.

그러나 오늘만큼은 언니의 허락을 구할 수가 없었다. 스모키 메이크업을 위해 언니의 화장대를 잠시 싹쓸이하겠노라고 어떻게 얘기하겠는가. 어떤 언니도 열여덟 살짜리 여동생의 섹시한 메이크업을 위해 색색별 아이섀도와 아이라이너, 고가의 특수 메이크업 도구들을 빌려주진 않을 것이다.

"이걸 어디에 쓴다고 했더라……."

나는 인터넷에서 뽑은 '날 따라 해봐요, 스모키!' 페이지를 벽에 붙여놓았다. 메이크업의 귀재인 언니의 화장대 위에는 이름도 못 들어본 메이커의 제품들이 서로 얼굴을 짓누른 채 산더미처럼 쌓여 있었다. 제대로 화장을 해본 적은 없다. 내가 하는 화장이란 고작 해봐야 비비크림에 파우더, 틴트 정도였다. 아이라인을 그려본 적은 있지만 손에 익숙하진 않고, 얼굴에 '새딩'을 준 적도 없다. 어설픈 메이크업으로 클럽에 갔다간 창피만 당하고 돌아올 것이다. 맷은 클럽을 자주 다니는 예쁘고 잘나가는 여자애들과 친분이 있었다. 스스로도 클럽에 꽤 자주 가본 것 같았다. 최소한 내 남자친구의 눈에는 '촌년'으로 보이고 싶지 않았다. 나는 펄이 함유되어 있다는 메이크업 베이스부터 얼굴에 꼼꼼히 발랐다. 약속 시간까지는 아직 두 시간이나 남았다. 메이크업이 실패할 수도 있다는 가정하에 여분의 시간을 많이 남겨두었다. 최대한 티 안 나게 파운데이션을 손등에 붓고 있을 때, 방문이 소리 없이 열렸다. 정말 아무 소리도 나지 않았다. 그래서 음 소거 속에 등장한 창백한 몰골의 언니를 봤을 때, 난 심장마비의 현관까지 밟았다.

"어, 언니……!"

"너 지금 뭔 짓 하냐?"

언니는 피곤에 절은 눈으로 나의 경악한 표정, 손등에 흐르는 파운데이션, 벽에 붙여놓은 '날 따라 해봐요, 스모키!' 프린트 용지를 차례대로 바라보았다.

"미안해, 언니! 언니 화장품 거의 안 썼어!"

내 손등에서 뚝뚝 흐르는 파운데이션이 느껴진다. 나는 얼른 뚜껑을 덮고 차렷 자세로 섰다. 언니의 고요함이 배로 무서웠다. 위조한 성적표를 들켰던 초등학생 때도 지금처럼 무섭진 않았다.

"어디 가는데 그딴 화장을 하냐?"

"……."

"클럽 가?"

"어…… 떻게 알았어?"

"니 나이 대가 그럴 나이지. 그럼 스모키를 하고 열람실을 가리."

불같이 화낼 줄 알았던 언니는 의외로 담담했다. 나는 언니가 무거운 가방을 내려놓고 가슴까지 풀어헤친 머리를 깔끔하게 올려 묶고 침대에 걸터앉을 때까지 아무 말도 하지 않았다. 때론 변명보다 침묵이 낫다는 것을 알고 있다.

"누구랑 가는데?"

"……."

"그 유학파라는 네 남자친구랑 가냐?"

"나 남자친구 있는 거 어떻게 알았어?!"

언니는 시큰둥한 얼굴로 스타킹을 벗었다. 좀 더 삼국지에 집중했어야 했다. 동맹이 두 국가만의 은밀한 약속이 아니라는 것을 잊고 있었다. 순진하게 신의를 믿은 덕분에, 난 언니와 엄마의 비밀스러운 동맹의 희생자가 되고 말았다.

"앉아봐."

"……어디에?"

"화장대 의자에 앉아보라고."

"왜?"

"네가 뭘 알겠냐. 언니가 해줄게. 초보가 스모키 한 것만큼 웃긴 꼬락서니도 없다."

생각지도 못했던 휴전 제의에 입이 떡 벌어졌다. 언니가 직접 화장을 해주겠다고? 엄마가 자기 에센스를 한 방울이라도 쓰면 세상이 무너진 듯 고래고래 소리 지르던 언니가? 언젠가 엄마가 언니의 카드 명세서를 훔쳐본 덕분에 집안에 접시 전쟁이 일어났던 것을 알고 있다. 엄마는 한 달에 한 푼도 못 버는 딸이 화장품 값으로 이십만 원을 쓰는 게 정당하냐며 찻잔을 날렸고, 언니는 엄마가 내 마음을 어떻게 아냐며 밥그릇을 날렸다. 승자는 없었다. 엄마가 홈쇼핑에서 구입한 값비싼 포트 메리온 쓰레기들만 남아 있을 뿐. 이 화장품들은 수십만 원의 접시 무덤을 딛고 일어난 언니의 마지막 기쁨들이었다. 언니는 내 손등에 남아 있는 파운데이션을 손가락에 찍어 양 볼과 콧등, 이마와 턱에 발랐다.

"어릴 때부터 화장하는 거 안 좋아. 모공 넓어져."

"평소엔 안 하고 다녀."

"너 비비크림 안 바르면 슈퍼에도 안 가는 거 다 알아."

"비비크림은 피부에 좋댔어!"

"다 상술이야."

언니는 묵묵히 파운데이션을 다 바르고, '메이크업 포에 버'라고 적힌 가루 파우더 뚜껑을 열었다.

"몇 시까지 들어올 건데?"

"모르겠어."

"외박할 거냐?"

"미쳤어?"

언니는 피식 웃고 눈썹 정리 칼로 지저분한 눈썹 털을 깔 끔하게 밀어주었다. 그리고 아이 브로우 펜슬로 꼼꼼하게 눈썹을 채웠다. 여러 가지 도구들을 한 손에 들고 진지한 얼굴로 그림을 그리는 언니 덕분에 숨도 못 쉴 지경이었다.

"옷도 야하게 입을 거냐?"

"그냥…… 티에 청바지 입을 거야."

"그래, 다 자라지도 않은 몸 내보여 봤자 어설퍼. 하이힐 은 편한 걸로 신고."

"왜 그래?"

"뭐가?"

"클럽 간다고 하면 화낼 줄 알았어."

"말린다고 해도 갈 거잖아. 네 나이가 다 그렇지."

언니는 펄이 잔뜩 들어간 하얀 아이섀도를 눈덩이에 발 랐다. 그리고 짙은 회색과 밤색의 아이섀도를 적당히 섞어

손등에 바르더니 만족스러운 얼굴로 내 눈덩이 위에 덧발랐다. 어두운 컬러의 카키색 섀도는 눈 밑에만 살짝 발랐다. 그 후로 눈 밑 애교살 아이라이너와 눈물 효과를 내는 펄 섀도가 기다리고 있었다.

"엄마한테 얘기 안 할 거지?"

"그래. 집에 와서 옷 갈아입고 열람실 갔다고 얘기해 줄게."

나는 내 눈 화장에 집중하고 있는 언니의 얼굴을 가만히 들여다보았다.

언니는 올해 스물다섯이다. 나와 일곱 살 차이가 나고, 세대도 전혀 다르다. 엄마는 언니와 나의 세대를 한 묶음으로 취급하지만, 수능 6차 세대인 언니는 내게 고전 속 선배님일 뿐이다. 언니는 작년에 대학을 졸업하고 이제까지 백수다. 작년에는 6개월짜리 어학연수도 다녀왔지만 그래도 백수다. 대학 시절 내내 학점도 괜찮았고 유명 기업에서 인턴 생활도 했지만 어쩔 수 없는 백수다. 올해 들어 언니는 서류만 스무 군데 정도 넣었다. 지금 이 시간에 내 메이크업을 해준다는 것은 스무 군데서 물을 먹었다는 뜻이다. 언니는 용돈과 주말에만 나가는 백화점 식품관 아르바이트비로 생활하고 있다. 늘 버스카드 충전액이 빠듯하다는 점에서는 나와 다를 바가 없다. 언니는 재수 한 번 안 하고 인 서울의 괜찮은 대학 영문학과에 진학했다. 난 언니가 졸업 후 당연히 "회사 다녀오겠습니다"라는 아침 인사로 하루를 시작할 줄 알았다. 그러나 언니는 여전히 백수다.

"내가 고등학교 다닐 땐 결석 한 번 안 했어. 빠지면 죽는 줄 알았거든."

언니가 내 의아한 시선을 느꼈는지 조용히 입을 뗐다. 언니의 목소리는 아주 차분하고 담담했다.

"심지어 수업을 빠지고 양호실에서 늘어지게 잔 적도 없었어. 진짜 심지어 야자를 빼먹거나 과외가 하기 싫어서 도망친 적도 없었지."

"범생이."

"맞아. 언닌 범생이었어. 그렇게 모범적인 인생을 산 결과, 지금 이렇게 살고 있지."

"……."

"언니가 다섯 번쯤 수업을 빠지고 양호실에서 늘어지게 잤거나, 야자를 일주일쯤 빼먹었거나, 과외를 몇 번 안 했어도 인생이 달라지진 않았을 거야."

언니는 이제 내 마스카라를 발라주고 있었다. 아주 꼼꼼하게. 늘 방 정리를 잘하는 언니의 성격처럼 한 올 한 올이 늘씬하게 올라가는 것이 느껴진다.

"영화에선 아주 사소한 잘못 하나가 인생 전체를 좌지우지한다고 그럴듯하게 설명하지. 하지만 현실이 그런지는 잘 모르겠다. 언니는 네가 오늘 밤 클럽에서 재미나게 놀고 무사히 집에 돌아온다고 해도, 네 기말고사 성적과 수능 성적이 달라지지 않으리라고 확신할 수 있거든."

"그럴까?"

"언닌 열아홉 살 겨울에 처음으로 나이트를 갔어. 신촌에 있는 아주 후진 나이트였지. 저녁 여덟 시에 입장해서 사람은 거의 없는 데다 있는 사람마저 모두 여자였어. 난 한 시간 동안 공짜 과일 안주를 해치우고 엉덩이 몇 번 흔들다가 나와 버렸어. 그리고 얼마 후 대학 원서를 넣고, 논술을 보고, 합격했지. 일 년쯤 일찍 거길 갔더라도 똑같았을 거야. 그러나 저러나 지금의 난 백수겠지."

언니는 아래 속눈썹까지 꼼꼼하게 덧칠한 후 마스카라 뚜껑을 닫았다. 그리고 언니가 가장 아끼는, 디올의 한정판 새딩 브러시로 내 얼굴을 여기저기 쓸어주었다. 얼굴 전체에서 핑크와 브론즈가 적절하게 섞인 은은한 광택이 흐른다. 언니가 가장 아끼는 스왈로브스키 귀걸이 한 쌍을 내밀었을 때, 눈앞에 있는 여자가 내 친언니가 아닌 '비비디 바비디 부!'를 외치는 신데렐라 속 마법사로 보였다. 언니는 내 감격한 얼굴을 보더니 한 번 씩 웃었다. 언니는 아주 피곤하고, 또 지쳐 보였다.

"엄마한테 이르지 않을 거지?"

"그게 현재의 네겐 최대의 고민이지?"

"응."

"언젠가 그 최대의 고민이 그리워질 때가 올 거야."

언니는 눈 밑 화장이 번지면 쓰라며 면봉 두 개를 챙겨주었다. 그리고 엄마 올 시간이 다 됐다며 나를 현관으로 밀어냈다.

"조심히 즐기다 와. 엄마는 못 믿지만 언닌 널 믿어. 넌 이미 네 페이스를 조절할 줄 아는 애야. 열여덟은 생각보다 성숙한 나이거든."

"……언니, 고등학생 때로 돌아가면 원 없이 놀 거야?"

"응."

"공부는? 언니 1학년 다닐 때 재수해서 서울대 가고 싶다고 그랬었잖아."

"죽어라 공부해서 서울대 가고, 죽어라 스펙 쌓아서 대기업 입사하고, 죽어라 일해서 승진하고, 죽어라 재테크해서 돈 모으고……. 아, 몰라, 몰라. 피곤해. 왜 그렇게 죽어라 살아야 되는지 모르겠다. 난 그냥 행복하게 살고 싶은데."

"죽어라 살아야지 행복해지는 거 아니야?"

"옛날엔 안 그렇게 살아도 행복했던 것 같은데."

언니는 어딘가 애달파 보이는 얼굴로 웃었다. 닫히는 현관문 사이에서 마지막으로 본 언니의 얼굴은 실제 나이보다 열 살은 더 들어 보였다. 생각 없이 나 자신이 행복하다고 말할 수 있는 나이는 십 대 시절이 마지막일지도 모르겠다는 생각이 들었다. 좀 더 걸음을 빨리 했다. 하루하루가 타들어가고 있다. 이 조급함은, 내 주변 어른들 중 누구에게서도 '진짜 행복한' 얼굴을 본 적 없기 때문일까.

어느 청춘 드라마나 빨리 어른이 되고 싶다고 안달하는 주인공들이 나온다. 그들은 빨리 어른이 되고 싶은 걸까, 단지 성숙한 판단력을 갖고 싶은 걸까? 언젠가 '어른'이라는 단어가 불행과 행복의 열쇠를 동시에 건넬 때, 나는 둘 다 감당할 수 있을까? 적어도 불행에 치우친 채, 술병에 대고 행복의 열쇠 따윈 어린 시절에 이미 사라져 버렸다고 외치는 여자만은 되지 않기를 빈다.

"김소현 너 진짜 예쁘다!"

나는 살면서 여러 번 예쁘다는 말을 들어봤다. 여자애들에게 '예쁘다'는 단순히 외모에 대한 칭찬이 아니다. 쇼핑할 땐 "제발 그걸 사고 이제 그만 집으로 가자"는 투정이 되기도 하고, 원피스 지퍼가 올라가지 않아 반만 채운 친구에 대한 동정이 되기도 한다. 그러나 지금 맷이 완벽한 감탄조로 내뱉은 그 말은, 진짜 나의 얼굴에 대한 칭찬이었다. 나는 콤팩트 거울을 꺼내 일 분에 한 번씩 얼굴을 살폈다. 내 얼굴은 완전히 다른 사람이 되어 있었다. 내가 이렇게 가능성이 무궁무진한 얼굴인지 몰랐다. 헤어 젤을 살짝 발라 흐트러지게 만든 헤어스타일도 완벽했고, 배가 살짝 드러나는 티셔츠에 짝 달라붙는 일자 컷 바지를 입은 스타일도 그럴듯했다. 원래는 탱크 탑을 입으려 했지만 거울에 비춰본 결과 너무 야해서 그만두었다. (사실 야해서라기보단 가슴이 너무 없어서 앞이 너무 떴다.)

맷은 나의 예상을 저버리지 않았다. 여전히 세 명이 들어가기에 충분한 옷과 이로 도금을 벗겨내 버리고 싶은 목걸이들을 겹쳐 걸었다. 오늘은 유난히 형광색 운동화가 빛을 발한다. 종아리를 반쯤 덮은 7부 바지는 힙합인지 아이가 걸친 아빠의 트렁크 팬티인지 알 수가 없다. 다행히도 클럽 앞에는 맷처럼 차려입은 남자애들이 넘쳐났다. 모자를 가지고 별 장난을 다 친 남자애들의 호화찬란한 패션을 보면서, 이 세상에 남자친구의 패션으로 속 끓는 여자애가 나뿐만은 아니라는 사실에 잠시 위안을 얻었다.

클럽 앞을 지키고 있는 건장한 남자들은 우리의 민증을 대충 확인했다. 나를 위아래로 훑어보는 정장 차림의 남자에게서 약간의 비웃음이 느껴졌다. 그는 어쩌면 내 나이를 알면서도 들여보내 주는 것인지도 모른다. 클럽 뒤편으로 나처럼 짙은 화장 속에 어려 보이는 얼굴을 감춘 여자애들이 가득했다. 거울을 보면서 나름 20대처럼 보일 것이라 확신했지만, 내 신세와 다를 바 없는 여자애들을 보고 있자니 자신이 없어졌다. 나도 저렇게 남의 가면을 빼앗아 쓴 것처럼 보일까?

"클럽 처음이지?"

"응."

"느껴, 그냥 느껴."

클럽의 첫인상은 좁고 답답했다. 맷은 그냥 즐기라고 말했지만 정말 즐기는 것처럼 보이는 사람은 몇몇 없었다. 우글우글거리는 인간 냄비를 보고 있자니 롯데월드에서 아틀란티스를 기다리는 긴 줄이 떠올랐다. 거기엔 쌩쌩 달리는 놀이기구라도 있지, 이 사람들은 뭘 기다리는지 모르겠다. 아니면 기다리는 사람은 나뿐일까? 난 무언가 굉장한 일을 기대했지만, 위조한 민증과 언니의 화장품은 날 신세계가 아닌 클럽 뒤편의 꼬장꼬장한 공간에 데려다 주었을 뿐이다. 기다란 바에 앉은 사람들은 처음 들어보는 술을 능숙하게 주문했고, 팔 근육이 멋진 클럽 직원 오빠들은 쉴 새 없이 잔을 꺼내고 술을 따르고 맥주병을 땄다. 클럽에서는 맷이 그렇게 찬양하는 힙합도, 가요도 흘러나오지 않았다. 평소에 전혀 듣지 않는 일렉트로닉 음악이 쩡쩡하게 울려 퍼졌다. 내 옆에서 한물간 테크노닉을 추는 남자애들을 구경했다. 그중 몇몇은 내 시선에 우쭐거리며 좀 더 기하학적인 춤사위를 연출했다. 난 바로 고개를 돌리고 스테이지에서 춤추는 언니 오빠들을 바라보았다. 한 남자가 허리가 훤히 드러난 짧은 탑을 입은 여자의 허리를 끌어안고 자기 쪽으로 밀착하는 모습을 보았다. 난 마치 야동을 보는 열네 살짜리 남자애처럼 숨을 죽이고 집중했다. 이곳은 마치 모니터와 책상 의자로 나눠진 공간 같다. 난 당연히 책상 의자에 앉아 모니터를 구경하고 있었다. 내일 친구들에게 "잘 놀았어!"라고 자신 있게 떠벌리기 위해서는 저 냄비에 뛰어들어 다 같이 튀겨지고 볶아져야 했다. 그러나 난 그럴 자신이 없었다. 개개인마다 무언가를 즐길 '때'가 있다면, 안타깝게도 나는 아직 그 '때'가 아닌 것 같다.

"스트레스 풀리지 않아?"

"잘 모르겠어."

"이렇게 가끔 클럽 와서 몸 흔들고 음악 들으면 진짜 좋아. 가슴이 시원하게 뚫리잖아!"

"뭐, 좀."

난 시큰둥하게 어깨를 으쓱하고 다리 한 짝을 흔들흔들

거렸다. 춤을 좀 잘 추고 술을 즐길 줄 알았다면 훨씬 재미있었을까? 클럽에서의 첫날밤은, 엄마 아빠가 없는 집에서 친구들과 이불을 뒤집어쓰고 진실게임 하는 것보다 훨씬 못했다.

"박개춘!"

이제 그만 나가고 싶다고 슬쩍 말해 보려는 순간, 누군가 우리 쪽을 향해 손을 번쩍 들었다. 처음 보는 그 남자애는 분명 맷을 바라보며 활짝 웃고 있었다.

"오랜만이다, 박개춘! 여기서 만날 줄 몰랐는데! 세상 진짜 좁아, 그치?"

"박개춘?"

"열릴 개(開)자에 봄 춘(春)자야. 새 계절을 여는 아이가 되라고 할아버지께서 지어 주셨어."

그걸 물어본 게 아니잖아, 지금! 나는 황당한 얼굴로 내 남자친구의 한글 이름을 되뇌었다. 박개춘이라는 촌스러운 이름은 내 평생 처음 들어본다. 맷은 학교에서 늘 영어 이름을 썼다. 시험지에도, 출석부에도, 박개춘은 'matt Park'으로 기재되어 있었다. 심지어 미니홈피에서도 그 애의 이름은 'matt Park'이었다. 영어라면 뭐든 좋아하는 선생님들은 외국 이름을 불러달라는 맷의 부탁을 흔쾌히 들어주셨다. 그래서 모두가 매트 박의 한국 이름을 굳이 따지지 않았다. 내가 본명을 물어보았을 때도, 맷은 외국 이름이 더 편하다며 에둘러 대답을 피했다. 이제야 그가 왜 외국 이름을 고집했는지 알 것 같다. 뉴욕 유학생인 매트 박에게 개춘이란 이름은 너무도 별로였다. '가오'를 중시하는 그가 '봄을 여는' 그 거창한 이름을 좋아할 리가 없다.

"인사해. 여긴 제임스 최라고, 뉴욕에 있을 때 친구였어."

매트, 아니, 개춘이 어딘가 불안해 보이는 표정으로 제임스란 남자애를 소개했다. 그 애는 전형적인 교포 차림이었다. 군인처럼 짧게 깎은 머리가 낯설다. 그 애에겐 우리학교 남자애들이 목숨 걸고 사수하는 구레나룻이 보이지 않았다.

"안녕."

"개춘이 여자친구야?"

"응."

"예쁘다."

전형적인 인사와 함께 제임스와 짧게 눈을 마주쳤다. 그 애의 눈에 내가 어떻게 비춰질지 궁금했다. 개춘은 뉴욕에서 섹시하고 잘나가는 클럽 죽순이 여자애들과 어울렸었다. 제임스라는 남자애가 그 여자애들과 나를 비교하는 건 아닌지 은근히 신경이 쓰였다.

"다음 주에 들어가니까 그 전에 한번 보자. 너 또 뉴욕에 언제 오냐?"

"아직 모르겠어. 애들은 댜 잘 지내?"

"다들 SAT 준비하느라 바쁘지 뭐. 몇몇은 환율 때문에 한국으로 많이 나왔어."

둘은 짧은 대화를 나누었다. 주로 맨해튼이라는 동네에서 있었던 영광의 나날들의 되새김질이었다. 그들의 대화를 가만히 들으면서, 맷이 본명을 숨긴 것이 그리 큰 잘못은 아니라는 생각이 들었다. 나였어도 만약 한국식 이름이 방순이나 순자였다면, 미국에서 썼던 엘렌이나 안나 같은 이름으로 불러달라고 부탁했을 것이다. 대부분의 애들이 '一자'가 붙은 여자 이름은 촌스럽다고 생각하고, '一춘'이 붙은 남자 이름은 구식이라 생각한다. 개명을 하지 않는 한 누구도 자신의 이름을 선택할 순 없지만, 이름은 이미지를 선택한다. 좀 더 괜찮아 보이고 싶은 욕망은 누구에게나 있었다. 개춘의 입장을 충분히 이해했다. 학교에서 내 남자친구의 본명을 떠벌리며 웃음거리로 만들 생각은 눈곱만치도 없었다. 최대한 개춘이 민망해 하지 않도록 이름 건을 그냥 넘어가려는 순간,

"다음에 들어오면 오래 있다 가. 그때처럼 5개월 있다 갑자기 돌아가지 말고."

"5개월?!"

지나가듯 말하는 제임스의 고자질 아닌 고자질에 입이 떡 벌어졌다.

"너 미국에 5개월밖에 안 있었어?!"

누구나 매트 박이 미국에서 최소한 오 년 이상 살다 왔을 거라고 생각했다. 정확히 말하면 그 애는 거짓말을 한 적은 없었다. 마리아가 의심스러운 눈으로 미국에 얼마나 있다 왔냐고 물었을 때, 맷은 자연스러운 말투로 "꽤 오래 있었어"라고 대답했다. '꽤 오래'의 기준은 사람에 따라 달라질 수 있다. 그러나 그간 맷이 보여준 말투나 몸짓은 다년간 외국물을 먹은 유학생의 그것이었다. 그런 그가 사실은 미국에 고작 '5개월'간 머물다 온 것이라는 사실이 까발려진 것이다!

"다음에 연락할게."

개춘은 내 눈치를 보며 제임스의 등을 떠밀었다. 나는 들고 있던 병맥주를 소리 나게 내려놓고 팔짱을 꼈다. 엄마가 변명거리 없이 죄인이 된 아빠 앞에서 자주 취하는 동작이었다.

"먼저 갈게. 재미있게 놀다 가."

제임스는 마치 이 클럽이 자기 소유라도 되는 듯 거만하게 턱을 한 번 치켜들고는 계단으로 빠져나갔다. 그리고 우리 둘이 남았다. 정확히 말하면 수백 명의 인파 속 우리 둘이었지만.

"어떻게 된 거야?"

"뭐가……."

말끝을 흐리고 시선을 피하는 걸 보니 지도 찔리는 게 있는 거다.

"그래, 네가 확실하게 미국에서 몇 년 살다 왔다는 말을 한 적은 없지. 하지만 5개월 살다 왔다고 말한 적도 없었잖아!"

"내가 거짓말한 건 아니잖아."

"넌 반 애들 앞에서 외국물 몇 년 먹다 배탈 난 유학생처럼 굴었잖아! 입만 열면 미국이 어쩌고! 뉴욕이 어쩌고! 맨해튼이 어쩌고!"

"5개월도 많이 살다 온 거야. 거의 반년이잖아."

"네 발음은? 넌 한국말도 일부러 굴려서 말했잖아. 말할 때마다 앙드레 김처럼 '엄……' 하는 건 기본이고! 기가 막혀서. 애들이 지난 몇 년간 한국에서 일어난 일들을 얘기할 때 넌 마치 모르는 일이라는 듯 제삼자 입장을 취했어. 5개월이면 유학이 아니라 장기 여행이잖아! 넌 도대체 어디 살다 온 거야? 내가 너에 대해 아는 것들 중 하나라도 제대로 된 게 있기나 해?"

개춘은 고개를 떨어뜨렸다. 모든 것이 혼란스러웠다. 내가 사귄 남자친구는 미국에서 오랜 세월을 살다가 한국으로 돌아와 1년 늦게 복학한 열아홉 살의 남학생이었다. 이름은 매트 박, 한국보다 미국 문화에 더 익숙한 아이다. 커다란 바지를 입고 목걸이를 걸친 박개춘이라는 남학생이 낯설어졌다. 내 남자친구에게마저 이렇게까지 모르는 것투성이라는 사실을 믿을 수가 없다.

"……난 작년에 5개월 정도 어학연수를 갔다 왔어. 정확히 말하면 유학이었지만, 집안 사정이 안 좋아져서 일찍 귀국한 거야. 그 대신 서울로 유학을 왔고."

"잠깐, 서울로 유학이라니? 그럼 네가 사는 그 집이 네 진짜 집이 아니라는 거야?"

"우리 외삼촌 집이야. 큰 형이 군대에 가서 지금 그 방을 쓰고 있어."

"그럼 가족은?"

"부모님은 모두 지방에 계셔. 말투를 조금 굴렸던 건…… 사투리가 나올까 봐서였어."

이제야 왜 그렇게 개춘의 어머니가 한 시간에 한 번씩 전화를 거셨는지 알 것 같았다. 나는 뭐라 대답해야 할지 몰랐다. 개춘의 마음이 이해가 안 가는 것은 아니었다. 아무도 자신을 모르는 도시에서 5개월간의 진짜 유학 생활을 이용해 '뉴요커 매트 박'이라는 이미지를 만드는 것은 생각보다 쉬운 일이었다. 누구나 낯선 얼굴에 대해 의심한다. 그러나 당사자에게 대놓고 그 의심의 명분을 내세우진 않는다. 단지 일촌 신청을 할 뿐이다. 사진첩 안에 명확한 증거가 있다면 게임은 끝이다. 요즘은 누구도 직접 사람을 두드리지 않는다. 그 대세를 역이용해 미니홈피로 한껏 과장된 자기 자신을 꾸미는 사람들이 넘쳐난다. 나도 그 사실을 알고 있었다. 그러나 내 남자친구가 그런 애일 거라곤 한 번도 의심해 본 적 없었다. '그런 애들'은 언제나 한 발자국 멀리 있었기 때문이다.

"먼저 갈게."

난 힘없는 걸음걸이로 계단으로 향했다. 좁고 냄새나고 어두운 계단을 올라가면서 다신 이곳에 오지 않으리라고 맹세했다.

"기다려 소현아!"

다급하게 쫓아오는 개춘의 발소리를 무시했다. 일 분만 서 있어도 머리카락에 담배 냄새가 배는 이곳에 더 이상 있고 싶지 않았다. 일이 년만 지나면 이 소란스러운 공간이 나의 고향처럼 느껴질지 모른다. 그러나 지금은 아니다.

"화나게 했으면 미안해."

어두컴컴한 지하 세계에서 올라오자 차가운 저녁 바람이

맨살에 와 닿았다. 보기 흉할 정도로 번진 스모키 메이크업을 하고 쓰레기가 쌓인 길가에 서서 담배를 피우는 여자애들과 눈이 마주쳤다. 나도 저 애들처럼 보일까봐 덜컥 겁이 났다. 클럽을 완벽하게 즐길 줄 아는 여자애처럼 보이고 싶어 했으면서, 나오자마자 그들과 다른 무리로 보이고 싶어 하는 나의 모순적인 바람에 관자놀이가 쑤셔왔다. 개춘은 주눅이 든 얼굴로 나를 붙들었다.

"그래도 난 너와 가까운 사이라고 생각했는데, 정작 내가 알고 있던 건 하나 없다고 생각하니까 허무해서 그래."

"잘 보이고 싶었어."

"······."

"뉴욕에서 장기 체류한 유학생이라는 이유 하나만으로 날 좀 다르게 보는 애들의 시선이 좋았어."

그 애의 우울한 말투에 괜히 속상한 건, 그 짧은 시간 안에 우리가 정이 들었기 때문이다.

"······학교에서 오늘 있었던 일 떠벌릴 마음 없어."

그 순간 개춘이 고개를 들며 환하게 웃었다.

"그럼, 나랑 헤어질 마음은?"

어쩌면 이 기회를 계기로 서로 좀 더 마음을 터놓고 가까운 사이가 될 수도 있을 거라고 생각했다. 그것이 내가 진정으로 원하던 남자친구와의 관계이기도 했다. 사실 개춘과 나의 관계는 시작부터 무미건조했다. 내게 호감이 있던 남자애와 남자친구를 사귀고 싶던 여자애의 첫사랑은 너무도 빤하고 식상한 전개였다. 그러나 오늘의 이 사건으로, 인생에 좀 더 특별하게 남을 수 있는 그런 관계가 될 수 있었다. 나는 기대로 가득 찬 개춘의 눈동자를 들여다보았다. 심호흡을 하고 입을 열려는 순간, 개춘의 뒤로 낯익은 얼굴이 보였다. 정확히 말한다면 일방적으로 낯익은 얼굴이었다.

"쟤, 네 친구 아니야?"

"누구?"

개춘이 반사적으로 고개를 돌렸다. 우리들의 바로 뒤로 금림여고 여자애들이 무리지어 서 있었다. 그중에는 송지혜도 있었다. 지역구로 유명한 얼짱, 개춘의 사진첩의 '레이디스 앤 젠틀맨' 폴더에 떡하니 박혀 있는 그 아이였다.

"아……."

개춘의 표정이 당혹감으로 일그러지는 것을 놓치지 않았다.

"인사 안 해? 오랜만에 만났을 텐데."

조기 귀국 후 갓 서울로 올라왔을 매트 박이 이 동네 토박이인 송지혜를 알 턱이 없다.

"설마 모르는 사이야?"

"그게……."

"모르면서도 친한 척 사진 퍼다 올려놓은 거야?"

"걔 사진첩이 다 전체공개더라고……."

"너 진짜 웃기는 애다. 설마 네 친구 폴더에 있는 잘 노는 애들 사진, 친분 있어서가 아니라 그냥 막 퍼온 거였어?!"

"아주 모르는 사이는 아니야……. 예전에 이 클럽에서 마주친 적 있었어!"

"송지혜도 그걸 기억해?"

"물론 나만 기억하지. 그래도 만난 건 만난 거니까……."

"지금 네 개념이 발전되면 뭐가 되는 줄 알아? '스토커' 라는 거야."

"야!"

"어디서 눈을 부라려?"

나는 신경질적으로 소리를 빽 질렀다. 송지혜 무리가 우리를 쳐다보았지만 개춘에게 아는 척을 하는 여자애들은 아무도 없었다. 당연한 일이다.

"오늘 있었던 일은 우리끼리 비밀로 묻어두자."

그나마 반 아이들에겐 떠벌리지 않을 것이란 약속을 받아낸 개춘의 표정이 안도감으로 물들었다. 그 표정에 열이 받아서 확 학교 생활을 뭉개버릴까 생각했지만, 난 그렇게까지 악랄한 여자애는 아니었다.

"그 대신에 학교에서 아는 척하지 마. 우린 오늘 끝이야."

"소현아……!"

"솔직한 게 그렇게 겁나니?"

너무 속이 상해서 눈물까지 나올 지경이었다. 눈앞의 이 남자애는 여전히 내가 감당할 수 없는 옷차림을 한 매트 박이었지만, 지금까지 내가 알던 나의 남자친구는 아니었다. 미니홈피 사진 몇 장과 꾸며낸 말투, 교묘하게 에둘러 말하는 것으로 한 사람의 인생을 송두리째 착각할 수 있다고 생각하자 가슴 한구석이 서늘해졌다. 내가 살고 있는 세상에서는 '거리'를 측정하는 것이 너무 어려웠다. 이 애와 나의 사이가 어느 정도 가까운 것인지, 내가 이 애를 진지하게 생각하는 것만큼 나도 진지하게 생각되어지는 것인지 툭 터놓은 대화가 오가지 않는 탓이다. 모두가 쉴 새 없이 떠들면서도 정작 자기 자신에 대해선 절반을 감추어 놓는다. 모든 것을 오픈했다가 배신당할지도 모른다는 불안감이 무의식적으로 깔려 있기 때문이다. 가장 친한 유나만 해도 그렇다. 유나는 내가 한때라도 민재를 좋아했으며, 얼마 전까지 그 애와 단둘이 보냈던 빗속의 몇 분을 가슴 떨려 했다는 것을 까맣게 모르고 있다. 나 또한 누군가에겐 맷 같은 존재가 될 수 있었다…….

거기까지 생각하자 내가 과연 개춘에게 화를 내는 것이

맞는지 혼란스러워졌다. 사람은 누구나 일종의 거짓말을 해야지만 살아갈 수 있는 동물인지도 모른다. 조용한 곳으로 가서 얘기하자고 말할 생각에 고개를 들었을 때, 저만치로 빠르게 뛰어가고 있는 개춘이 보였다. 어리둥절했다. 내게 무언가가 필요해 보여서 뭘 사러 가는 건지, 별로 쏘아붙이지도 않은 내 말투에 상처를 받아 이 자리를 뜨는 건지 알 수가 없다. 어쨌거나 개춘의 커다란 바지는 점점 작아졌고, 이제는 보이지도 않았다. 나는 황망한 얼굴로 순식간에 내 남자친구가 사라진 길목을 멍하니 응시했다. 그때였다.

"김소현."

내 머릿속에 저장되어 있는 목소리는 분명 수백 가지일 터였다. 그 한마디만 듣고도 수백 개의 데이터 중 단 하나를 집어낼 수 있다는 사실이 경이로웠다. 동시에 경악스럽기도 했다. 난 어느 무림 도사에게 혈을 짚인 뜨내기 무림인처럼 그 자리에서 꼿꼿하게 굳어버렸다. 목소리는 점점 가까워져 왔다.

"네가 정녕 미쳤구나."

팔이 길어 슬픈 짐승 오랑우탄, 학주였다.

"지금 네 꼴이 어떤지나 알아?"

학주는 나보다 더 경악한 얼굴로 내 얼굴에 삿대질을 했다. 내 얼굴이 어떤 상태인지는 잘 알고 있다. 스모키 메이크업은 번질 대로 번졌을 것이고, 온몸에 담배 냄새가 찌들어 있었다. 학주는 길게 말하지 않았다. 단지 내 귓불을 있는 힘껏 잡아당겼다.

"아악!"

너무 아파 눈물까지 나왔다. 우두둑 소리와 함께 오른쪽 귀가 뜯겨져 나가는 것만 같았다. 이 급박한 순간에서마저 박개춘의 행동을 완벽하게 파악한 나의 사고능력이 싫었다. 기사도 정신을 클럽 리듬에 흘려보낸 그 자식은, 먼발치서 다가오는 학주를 발견하고 지만 살겠다고 먼저 튀어버린 것이다. 내게 단 한마디 경고도 없이!

"월요일 아침 여덟 시 이십 분까지 교무실로 와. 각오 단단히 해."

'최악', '절망', '암울' 같은 단어들이 너도 나도 손을 들고 이 상황을 정리하겠다고 떼쓰고 있을 때, 전혀 어울리지 않는 '위안'이 내 어깨에 살포시 내려앉았다. 그렇다. 오늘은 금요일이고 내일은 놀토였다. 내겐 최소한 이틀의 시간이 주어졌다. 이틀 동안이나 제자를 지옥에 떨어트릴 생각으로 이를 갈며 주말을 보내는 학주는 어디에도 없었다. (지금으로선 없다고 믿어야 했다.)

낡은 건물 모퉁이를 학생부로 착각하고 나를 훈계하는 학주의 고함을 홀로 감내하며, 다시는 남자 따위 믿지 않으리라 맹세했다. 지금 이 순간 박개춘이 어디서 무얼 하는지 알 수만 있다면, 그곳으로 달려가 내 왼쪽 주먹에 온 힘을 실어 훅을 한 방 날릴 것이다. 손바닥에 제 어금니를 뱉고 울부짖는 박개춘을 내려다보며, 난 쿨 하게 한마디 하겠지. 그놈이 늘 그럴듯하게 내뱉던 미국식 욕지거리를.

**bastard**(개자식)!

소심한 여고생들에게 단테의 연옥보다 더 두려운 학부모 소환은 일어나지 않았다. 혹시 몰라 주말 내내 집 전화기 앞에 자리 잡고 앉아 학주의 불시 습격을 기다리던 나는, 그나마 안도한 마음으로 학생부 문을 열 수 있었다. 그러나 진짜 최악의 사태는 고요히 몸을 숨긴 채 나를 기다리고 있었다. 그것은 내게 가장 익숙한 모습으로, 정확히 월요일 아침 여덟 시 이십 분에 내게 손을 흔들었다.

"선생님이 주말 내내 고민했다. 어떻게 하면 네게 죄를 뉘우칠 수 있는 효과적인 벌을 줄 수 있을지."

나는 포화 상태의 재떨이 옆으로 널브러진 회색 치마를 내려다보았다. 얼핏 보아도 그것은 굉장히 크고, 굉장히 길었다.

"진짜 '벌'이라는 건 네가 저지른 잘못과 아주 밀접한 관계가 있어야 한다는 게 내 지론이야. 해서, 선생님은 네게 학생 신분에 어울리지 않는 단장은 명백한 잘못이라는 교훈을 각인시켜 줄 체벌을 마련했다."

학주는 자신이 개발한 신종 체벌이 너무도 마음에 든다는 듯 여유로운 표정으로 소파에 길게 기댔다. 나는 더러운 유리 테이블에 널브러진 교복 치마를 집어 들었다. 여러 번 교복 치마를 줄여본 나의 심미안으로, 그것은 내 종아리 절반까지 오는 길이가 확실했다.

"2주일이야. 그 기간 동안 더없이 '학생다운' 그 치마를 입고 다니도록 해."

누구에게나 인생의 암흑기가 있다. 우리 엄마와 아빠에겐 아빠의 보너스가 삭감되었다는 소식을 접한 그 주가 암흑기였고, 우리 언니는 2년이나 기다려주었던 군바리 남자친구가 제대하자마자 군화를 거꾸로 신었을 때가 암흑기였다. 그리고 내겐 지금, 현재가 암흑기다.

화장실에서 새 교복 치마를 갈아입고 나오며 울음을 터뜨릴 뻔했다. 치마가 너무 길었기 때문이다……. 거울 속의 나는 스타일이라는 단어라고는 모르는 행성에서 날아온 외계인처럼 보였다. 다리는 짧고 엉덩이는 펑퍼짐하며 비율이라곤 하나 맞지 않았다. 이것은 전혀 예뻐 보이지 않는다. 비비크림도, 틴트도, 예쁜 헤어스타일도, 세련된 카디 건이나 후드도 다 필요 없다. 여고생에게 넝마 같은 치마를 입히는 것은 인격을 짓밟는 짓이다. 세상에서 가장 예뻐 보이고 싶은 나이의 여자애에게 세상에서 가장 흉측한 치마를 입히는 것이 얼마나 잔인한 짓인지 모르는 걸까.

교실로 들어오자마자 경악스러운 표정으로 내 치맛단을 바라보는 여자애들의 시선이 느껴졌다. 마리아와 유나가 걱정스러운 얼굴로 달려왔다. 나는 책상에 엎드리자마자 울음을 터뜨렸다…….

공원 호숫가에 비치는 우리 셋의 치마 길이가 각각 다르다. 유나는 교문을 나서자마자 가방에 늘 소지하고 다니는 초미니 교복 치마를 빌려주겠다고 호의를 베풀었지만 사양했다. 앞으로 2주간 이 말도 안 되는 길이의 교복 치마를 착용해야 한다는 사실에 모든 의욕이 사라진 후였다. 내 치맛단에 흠칫 놀라는 아이들을 일일이 붙들고 "절대로 내 의지가 아니었어. 오랑우탄에게 고문당하고 있는 중이야"라고 해명할 수도 없는 노릇이었다.

"박개춘 새끼한테 사과는 받았어?"

"대충······."

마리아가 운동화 끝으로 돌계단을 툭툭 쳤다. 아직도 분개하는 얼굴이다. '박개춘 홍대 도피 사건'은 유나와 마리아에게만 말해두기로 했다. 마음만 먹는다면 우리 반 여자애들에게 폭로해 공공의 적으로 만들어버릴 수도 있겠지만, 얼마 못 가 복수심이 사라져 버렸다. 이유는 아직 두 사람에게 얘기하지 않았다.

"그 새끼 진짜 웃기는 새끼야. 맷이라고 불러줘, 할 때부터 알아봤어야 하는 건데! 하나부터 열까지 뻥친 것밖에 없잖아? 나이도 한 살이나 더 처먹은 주제에!"

"정말 그런 애인 줄 몰랐어. 부서 만들거나 축제 준비하는 거 보면 진짜 성실하고 똑똑한 애잖아."

"박개춘이 거짓말만 했다는 건 아니야. 단지, 자기 자신에 대해 거짓말부터 하고 그다음에 자신이 갖고 있는 것을 보여주니까····· 어디서부터 어디까지 믿어야 할지 혼란스럽다는 거지."

"나 같았으면 완전 뭉개버렸을 거야. 그래, 거짓말 친 것까진 그렇다 처. 솔직히 그건 이해할 수 있어. 누구나 좀 잘나가는 애들이랑 친한 척하고 싶어 하잖아. 미니홈피에 사진 한 장 퍼다 놓고 친한 척 유세 떠는 애들 한둘이니?"

"본명이나 미국에서 지냈던 시간도 엄밀히 말하면 거짓

말한 건 아니지. 우리도 별 신경 안 썼잖아. 입장 바꿔서, 애들이 나에 대해 세련되고 남다른 인상 갖고 있는데 굳이 고치고 싶겠어?"

"하지만 학주의 어둠의 오라에 널 혼자 두고 달아난 건 도저히 용서가 안 된다."

"완전히 깨더라. 박개춘의 환상에서 깨어났다는 게 아니라, 남자라는 동물 자체가 전부 다 그런 건 아닌지 의심스러워."

휴우……. 우리 셋은 동시에 한숨을 내쉬고 바닐라 맛 아이스크림을 한 번 핥았다. 동경해 마지않았던 '남자친구'의 실체를 본의 아니게 맞닥뜨린 슬픔에 대한 애도의 한 입이었다.

"그런데…… 갑자기 왜 마음이 바뀐 거야? 너 얼마 전까지만 해도 박개춘 죽여 버리겠다고 이를 갈았잖아."

그 일만 생각하면 아직도 웃음이 나온다. 난 킬킬 웃으며 주머니에서 핸드폰을 꺼냈다.

"박개춘한테 문자가 왔거든? 이거 봐."

「미안해. 소현아……. 뭐라고 할 말이 **없다**. 내가 **원레부터** 그런 놈은 아니었어. 마음만큼은 널 좋아한다는 것을 알아주길 **바레**.」

"어어어우우!"

유나가 비명을 지르며 온몸을 비비 꼬았다. 마리아는 발작이라도 일으킨 것처럼 손을 벌벌 떨었다. 박개춘이 마지막으로 보낸 문자를 보며, 나의 분노와 복수심은 눈 녹듯이 사라져 버렸다. 이런 맞춤법을 갖고 있는 남자애를 굳이 절망의 늪으로 빠트릴 필요가 없다는 것이 나의 결론이다.

"나, 너희한테 보여줄 게 있어."

유나도 주머니에서 핸드폰을 꺼내 문자 수신함을 뒤지기 시작했다.


「이젠 진짜 널 **보네**주어야 할 것 같아. 늘 행복하길 바랄게. **잘지네**.」


민재에게 온 문자다. 이번에는 내가 온몸을 비비 꼬며 비명을 질렀다. **맞춤법**! 여자애들이 가장 견디기 힘들어하는 남자애들의 고질병이다.

"이게 말이 돼? 우리 다 같이 초등학교 나왔잖아? 맞춤법 공부 다 했고 받아쓰기 시험도 다 같이 봤다고! 근데 왜 유독 남자애들은 맞춤법이 이따위인 거야?"

"나 진짜 남자애들 문자 맞춤법 틀릴 때마다 완전 패 버리고 싶은 거 알지?"

"특히 그거, 그거! '앓(안)아주고 싶다'!"

"맞아! '집에 갔(같)이 갈래?' 이거랑!"

"단체로 맞춤법 망각 수업이라도 받은 거 아니야? 아, 진짜 완전 무식해 보여!"

"물론 나도 맞춤법 잘 몰라. 그래도 최소한 기본적인 맞춤법은 상식 아니야? 아무리 잘생긴 애라도 '내 한개(계)는 여기까지야' 이딴 문자 보내면 완전 정 떨어져!"

"더 웃긴 게 뭔지 알아? 가르쳐주면 완전 화낸다는 거야. 자기 비웃는다고."

"응, 응! 그런 걸 굳이 지적해야 되냐고 화내잖아? 웃기지도 않아. 지 멍청한 건 죽어도 인정하기 싫다 이거지."

"하여튼 유치들 해 가지고……."

마리아가 콧방귀를 뀌며 치마를 털고 일어섰다. 박개춘과 김민재의 우스꽝스러운 문자 한 통으로, 아직까지 약간 서먹서먹했던 유나와 나와 관계도 눈 녹듯 녹아버렸다. 나는 유나와 눈을 마주치며 씩 웃었다. 생각만큼 멋지지 않았던 남자친구에게 실망한 여자애들 공동의 미소였다.

"우리가 원하는 남자애들은 지구상에 없는 것 같아."

"묵묵하고, 그러면서도 뒤에서 자상하게 날 챙겨주고, 나 외의 여자에겐 관심 없고, 자기 할 일 정말 열심히 하고."

"키 크고 어깨 넓은 건 왜 빼냐?"

"그건 기본이니까."

우리 셋은 동시에 웃음을 터뜨렸다. 유나가 내 팔에 매달리듯 팔짱을 낀다.

"대학에 가면 있겠지?"

"대학 가면 멋진 남자친구도 생기고 살도 빠진다고 하잖아."

"그거 다 뻥이래."

"대학 갈 때까지 못 기다려. 진짜 내일부터 다이어트 할거야. 반 공기만 먹어야지."

"난 쌍까풀……."

우리는 늘 해왔던 습관적인 대화로 마무리하며 공원을 나섰다. 움직일 때마다 길고 긴 치맛단이 거치적거렸다. 2주일 간 이 치마를 걸치고 학교를 휘저어야 할 생각만 하면 아직도 속이 울렁거린다. 대한민국의 체벌은 점점 전설 속으로 사라져 가고 있다. 언젠가 엄마와 함께 TV에서 해주는 〈말죽거리 잔혹사〉라는 영화를 본 적 있다. 나는 권상우와 이정진을 사물함에 밀어 넣고 발로 짓밟는 장면에서 적잖은 충격을 받았다. 그때 엄마는 땅콩을 까며 심드렁하게 얘기했다. "우리 때는 다 저랬어." 우리 언니 때만 해도 복도 이쪽 끝에서 싸대기를 때려가며 복도 저쪽 끝까지 밀어내는 경우가 흔했다고 했다. 그러나 언젠가부터 아이들은 가만있지 않기 시작했다. '잘못'과 '육체적 고통'의 비례의 필요성에 의문을 느낀 것이다. 핸드폰 동영상과 인터넷 게시판은 학생들의 빅 브라더가 되어 교사들의 매질을 감시하기 시작했다. 멍든 엉덩이와 벌겋게 부어오른 뺨은 사라졌지만 체벌은 사라지지 않았다. 요즘의 체벌은 변해가는 사회상과 더불어 훨씬 더 개별화되었다. 치맛단에 목을 매는 내게 월남치마에 가까운 교복을 강제로 입히게 한 것처럼. 물론 잘못은 내게 있다. 애초부터 클럽이란 곳에 드나든 것 자체가 잘못이었다. 그런데도 괜한 피해의식을 안고 묻고 싶다. 만약 걸린 학생이 내가 아니라 임혜령이었어도 학주는 이렇게 했을까?

에이, 모르겠다. 이게 다 식당 앞에서 임혜령의 짧은 치맛단을 눈감아주고 학주가 불어재낀 휘파람 때문이다. 우리 언니에게 학주의 "픽"이 평생 뇌리에 박힌 것처럼, 내게도 그 휘파람 소리가 잊지 못할 한 장의 사진이 된 것 같다.

## 칠겹산의 전설

종아리의 절반을 덮는 교복 치마의 기장을 내가 원하는 만큼 줄이기 위해서는 정확히 '일곱 번'을 접어 올려야 한다. 쭈글쭈글해진 치마 주름을 가리기 위해선 겉옷이 필요하다. 나는 늘 카디건을 걸치고 다녔고, 때문에 에어컨이 있는 교실을 벗어나지 않았다. 점심시간에 식당에 내려갈 때면 세 번만 접었다. 마리아와 유나는 나 대신 망을 봐주었고, 오랑우탄의 긴 팔이 보인다 싶으면 바로 내 등짝을 내리쳤다. 나는 신의 속도로 치맛단을 풀었고, 학주는 나의 월남치마를 만족스러운 눈으로 훑으며 오늘의 검사를 마쳤다. 요즘 내 일상은 계속 이런 식이다.

"가사는 잘돼가?"

식판을 비우고 정수기 앞에 서 있는데, 개춘이 조심스러운 걸음으로 다가왔다. 요즘 개춘을 볼 때마다 이름이란 건 참 신비롭다고 생각한다. '매트 박'이라고 부를 때만 해도 이 애의 얼굴이 아주 잘생기진 않았지만 나름대로 세련된 구석이 있다고 생각했다. 그러나 '박개춘'이라는 본명을 알고 나자 얼굴 구석구석이 더없이 촌스럽게 보인다.

"대충."

나는 퉁명스럽게 대답하고 물을 홀짝였다. 우리는 서먹 서먹하면서도 서로 무시하진 않는 관계를 유지하고 있다. 우리들의 결별 소식은 열애 소식과 마찬가지로 곧 전교로 퍼져나갔다. 득달같이 달려들어 결별 이유를 캐내고자 하는 가십에 목마른 친구들에게 '성격 차'라는, 2009년 이혼 사유 1위를 달리는 진부한 답변으로 일관했다. 개춘은 나의 우아하고 매너 있는 자세에 감복했는지, 몇 주 지나지 않아 웬 공CD를 선물했다. '오로지 너의 가사만이 어울리는 곡'이라는, 손발이 오그라드는 멘트가 담긴 포스트잇과 함께. 박개춘은 기사도 정신이 실종된 쪼잔한 녀석이지만 하고자 하는 일에 대한 의지마저 실종된 것은 아니었다. 녀석은 실용음악을 공부한다는 다른 학교 남자애와 진짜 곡을 만들었다. 80% 이상이 랩으로 채워질 그 곡은, 어디선가 많이 들어본 진부한 멜로디와 심심한 박자로 가득했다. 그러나 열여덟 살이 만든 곡이라고 생각한다면 꽤 굉장하게 느껴졌다.

난 박자에 맞춰 생전 써보지 않은 랩 가사를 구상하기 시작했다. 사놓고 절반도 쓰지 않은 다이어리의 메모 페이지를 펼치고 펜을 굴렸다. 결과적으로는 며칠간 한 줄도 쓰지 못했다. 학교에서 일어나는 일을 토대로 구상은 대충 해놓았지만 멋스럽고 그럴듯한 가사는 한 줄도 나오지 않았다. 어쩌면 이런 쪽으로 나의 숨겨진 재능이 발휘되는 건 아닐까 기대했었지만, 역시나 내 머리는 먹고 자고 농땡이 치는 일로만 초고속이다.

"그 일은 정말 미안해⋯⋯."

나는 삼백 번째 듣는 '미안해'의 열창에서 냉정하게 등을 돌렸다. 내가 지금 이런 월남치마를 입고 만날 교실 구석에 처박혀 있는 까닭은 너 때문이다. 치마를 일곱 번이나 접어 입는 없어 보이는 짓을 하게 된 것도 다 너 때문이다. 나는 식당에서 나오자마자 신경질적으로 치마를 끝까지 내렸다. 이 근방은 학주가 자주 오가는 구역이기 때문에 방심은 금물이다.

"그 치마, 언제까지 그렇게 입고 다니는 거야?"

서둘러 계단을 올라가려는데 익숙한 목소리가 내 치맛단을 잡았다. 뒤를 돌아보자 민재가 계단 아래서 나를 빤히 올려다보고 있었다. 아 씨, 나 밑에서 보면 안 예쁜데.

"……이번 주까지."

"애들한테 들었어. 클럽 갔다 걸렸다며?"

"그렇게 됐어."

"아직 나도 한 번도 안 가봤는데."

민재가 바지 주머니에 손을 넣고 계단을 성큼성큼 올라왔다. 유나가 보여주었던 문자 오타 때문인지 예전만큼 멋져 보이진 않았다. 그래도 잘 보이고 싶은 건 어쩔 수 없는 나의 '여자애 본능'일까. 가까이 선 민재에게서는 옅은 담배 냄새가 났다. 아마 뒤뜰 소각장 옆에서 한 대 태우고 왔을 것이다. 학주는 상습적인 골초들에겐 구레나룻을 밀게 하는 강경책을 사용했다. 남자애들에게 구레나룻이란 여자애들의 치맛단과 같은 의미다. 나의 월남치마와 민재의 말짱한 구레나룻을 번갈아 쳐다보자, 어쩐지 억울한 생각이 들었다.

"거기…… 진짜 그래?"

민재의 목소리가 약간 비밀스럽다.

"뭐가?"

"진짜…… 여자들 그렇게 벗고 다녀?"

"뭐?"

"되게 야하게 입고 다닌다고 하던데. 안 가봐서 궁금해. 남자들이랑 되게 야하게 춤춘다며."

"……별로 안 그렇던데."

"거기 가서 잘만 하면 대딩 누나들도 꼬실 수 있다고 하던데."

애가 뭐라고 하는 거야. 얼빠진 얼굴로 무어라 계속 중얼거리는 민재의 얼굴을 바라보았다. 난 민재가 유나와 헤어진 후 실연의 고통을 담배로 태우고 있다고 믿었다. 남자의 가오 때문에 붙잡진 못하겠지만, 그래도 마음속으로는 유나와의 추억을 되짚어보며 쓸쓸히 자신의 과오를 반성하리라 생각했다. 그런데 지금 민재의 입에서 나오는 말이라곤 클럽에서 벗고 다니는 여자에 대한 관심과 대딩 누나와 엮여 보고자 하는 의지뿐이다.

**아, 제발 나의 판타지를 그만 좀 깨줘, 민재야! 네 무신경함과 문자 오타 이종 세트로도 충분하다고!**

"그냥 그렇다고."

민재는 한 번 씩 웃곤 나를 지나쳐 먼저 계단을 올라갔다.

"참."

앞으로 남자애를 좋아하게 되는 일은 힘들어질 것 같다고 생각할 찰나, 민재가 다시 나를 돌아보았다.

"그 치마 진짜 안 예쁘다. 넌 짧게 입고 다니는 게 훨씬 예뻐."

민재는 내 월남치마를 흘끔 쳐다보더니, 픽 웃고는 계단을 두 칸씩 올라갔다. 나는 민재의 등이 사라지자마자 악에 받친 얼굴로 치마를 빠르게 일곱 번 접었다. 좋아하지도 않는 남자애의 말 한마디에 바로 짧은 치맛단을 만드는 내 신세가 처량하고 귀 얇은 나의 천성이 원망스러웠다. 정말이지 이놈의 치마 때문에 노이로제에 걸릴 것 같다……고 생각할 찰나, 죽음을 선사할 것 같은 학주의 일그러진 얼굴이 나의 시야에 들어왔다.

"김소현!"

학주는 정말이지 저승사자와도 같다. 피해 다니면 피해 다닐수록, 도망치면 도망칠수록 내가 가는 길목마다 나를 기다리고 서 있다. 학주가 밀대로 나를 가리키며 빠른 걸음으로 걸어오고 있었다. 일곱 번이나 처량하게 접어올린 내 치맛단이 무릎 위로 훌쩍 올라가 있다.

나는 이제, 정말 죽었다.

인생은 가끔 타이밍이 전부다. '사건'이 일어나기 위해서는 '타이밍'이 필요하다. 정교하게 짜 맞춰진 의도적인 타이밍이 아닌, 그 순간 그 장소에 위치하는 기가 막힌 타이밍이. 초등학생 때 학교 구령대에서 떨어져 다리가 찢어진

적 있다. 하필이면 그때 구령대 아래 서 있던 남자애가 끝이 뜯겨진 배드민턴 채를 들고 있었기 때문이다. 중학생 땐 운동장 한가운데서 코피가 터져 양호실로 업혀 갔던 적이 있다. 반대편에 서 있던 남자애가 던진 농구공이, 하필이면 내가 돌아보았을 때 얼굴로 날아들었기 때문이다. 이와 비슷한 경우로 하필이면 그날 그 장소를 걷던 사람이 사이코패스의 희생자가 될 수도 있으며 하필이면 그날 그 장소에 들른 사람이 붕괴 사고의 희생자가 될 수도 있다. 애초부터 커다란 사건은 없다. 단지 사건의 크기와 사연과 종류를 규정지을 타이밍이 기다리고 있을 뿐이다.

만약 학주가 어제 담배 피우다 걸린 김준혁의 구레나룻을 홧김에 밀어버리지 않았다면, 김준혁이 연예인 지망생이 아니었다면, 그래서 그 애의 학부모가 하루 앞둔 우리 애의 오디션을 책임질 것이냐고 불같이 화를 내며 교무실로 찾아오지 않았다면, 그딴 무식한 교육으로 교사 생활 얼마나 할 것 같으냐는 삿대질을 받지 않았다면, 만약 그랬다면 학주의 기분이 좀 더 나았을런지도 모른다. 학주의 기분이 좀 더 나았다면 나의 일곱 번 접은 치맛단을 말로 구타하는 것으로 넘어갔을 것이다.

그러나 내가 계단 앞에서 학주와 마주쳤을 때, 학주의 기분은 초고속 수직낙하를 마치고 밑바닥에서 분노로 어기적거리던 중이었다. 한마디로 최악의 타이밍이었다. 수많은 아이들이 오가는 복도 한가운데서 학주에게 밀대로 팔뚝을 두 대 얻어맞은 후, 나는 무언가의 희생자가 되었다고 느꼈다. 사실 학교에서 일어나는 대다수의 사건은 지극히 주관적인 잣대로 스케일이 규정된다. 사건을 발견한 선생님의 융통성, 범행을 저지른 학생의 평소 생활 태도와 성적, 피해자 간의 합의, 그리고 학주의 기분.

"이게 진짜 미쳤나! 벗어제끼지 못해서 환장했어!"

유독 최악이었던 학주의 기분에 따라, 치맛단을 일곱 번 접은 나의 단순한 행동은 노출 중독증에 걸린 여고생의 대범한 반항으로 규정되었다.

"네가 선생 알기를 우습게 알아! 평소 행실 감안해서 가볍게 눈감아줬더니 이따위로 나를 엿 먹여?"

너무 당황한 나는 치맛단을 풀지도 못하고 부어오르는 팔뚝을 주무르기만 했다. 아픔보다는 아이들이 점점 나와 학주 주변으로 모이고 있다는 사실이 더욱 신경 쓰였다. 지금 당장 내가 가장 무서운 것은 학부모 소환이나 학주의 밀대가 아니다. 이 복도 한가운데서 아이들의 관심을 독차지하는 것. 그것은 내게 이 학교 생활을 접어야만 하는 유일한 이유처럼 느껴졌다. 늘 주인공의 기분을 상상했지만 이런 종류의 것은 아니었다. 무대가 아닌 음침한 복도에서,

섹시하거나 귀여운 모습이 아닌 얻어맞고 움츠린 초라한 모습으로, 아이들의 함성이 아닌 학주의 고함의 대상이 되자 머릿속이 백지처럼 새하얗게 비워졌다. 마치 눈앞에서 백열구가 터져버린 것 같았다. 나는 몇 초간 시멘트 복도를 멍하니 내려다보았다. 학주는 아무 반응 없는 나의 침묵이 더욱 거슬리는 듯 밀대를 짧게 휘둘렀다.

"치맛단 당장 내려!"

또다시 밀대에 얻어맞은 팔이 경련을 일으키듯 부르르 떨렸다. 나는 치맛단을 두 단 풀었다.

"다 내려! 끝까지!"

그 순간 나도 모르게 고개를 살짝 들고 학주와 눈이 마주쳤다. 반항의 뜻은 아니었다. 단지 좀 더 조용한 곳에서 처벌받고 싶다는 나의 마지막 희망을 표현한 것이었다. 그러나 학주는 45도 각도로 올라간 내 시선에 더 큰 분노를 느꼈는지, 가차 없이 밀대를 내 엉덩이 쪽으로 휘둘렀다.

"어딜 처다봐! 선생이 그렇게 우습게 보여!"

우습게 보일 리가 없다. 선생에겐 공포의 밀대와, 학생을 은근슬쩍 차별할 수 있는 권리라는 두 가지 무기가 있다. 선생을 우습게 보는 학생들은 나 같은 평범한 구성원들이 아니다. 나이에 비해 지나치게 똑똑하거나 지나치게 거친 세상을 먼저 경험한 양극단의 소수자들뿐이다. 그런데 정작 '분노의 삿대질'을 견뎌내야 하는 아이들은 나머지 대다수다. 나는 억울했다. 분명히 잘못했지만, 그래도 억울했다. 나는 분명 내가 받아야 할 처벌 그 이상의 것을 받고 있었다.

나는 심호흡을 하고 치마를 끝까지 다 내렸다. 그러기 위해서는 치맛단을 다섯 번이나 더 풀어야 했다. 내가 치맛단을 한 단씩 내릴 때마다 학주는 코웃음을 치거나 대놓고 혀를 차며 내 얼굴을 귀 끝까지 달아오르게 만들었다. 마지막 한 단을 풀고 있을 때 구경꾼들 사이에서 누군가 "아직도 더 남았어?" 하고 속삭이는 소리를 들었다. 죽고 싶었다. 이럴 줄 알았다면 1학년 때부터 약간의 사고를 치고 다니면서 밑밥 좀 깔아줄 것을. 걔 무서운 거 모르는 애더라, 소리 좀 들었다면 지금 이런 상황을 반전영화 후반부 십 분처럼 숨죽이고 구경하는 관객들이 조금이나마 줄어들었을 텐데. 결국 치맛단이 월남치마 본연의 모습으로 돌아갔을 때, 나는 보이는 것만큼이나 더 작고 초라한 여고생이 되어 있었다.

"김소현, 너 그렇게 안 봤는데 진짜 싸구려구나. 일곱 번? 도대체 그렇게 내놓고 다니고 싶어 하는 이유가 뭐야? 남자애들한테 잘 보이고 싶어? 좀 섹시하게 보이고 싶어? 그게 네가 원하는 거야?"

누구나 예쁜 치맛단과 잘 다듬어진 구레나룻의 목표가

무엇인지쯤은 안다. 그러나 여자애들 사이에서 예뻐 보이고 싶은 욕망을 공유하는 것과 학주 앞에서 예뻐 보이고 싶은 욕망을 지적받는 것은 전혀 다른 문제다. 전자는 추억이지만 후자는 치욕이다. 나는 졸지에 멋 내고 다니는 것이 학교 생활의 전부인 골 빈 여고생으로 전락했다. 내 주변으로 고개를 내민 그림자만 해도 서른 명이 넘을 것 같다. 입으로 천지창조를 하라면 신세계를 수백 번이나 만들어냈을 여자애들이 지금 내게 닥친 사태를 어떻게 풀어 쓸 것일지 진지하게 걱정되었다. 나를 아는 친구들의 옹호와 나를 모르는 친구들의 쑥덕거림은 천지 차이다. 대세를 장악하는 건 주로 부정적인 소문들이었다.

"너 아주 보자보자 하니까 가관이야! 학교에서 연애질하고 다닌다는 소문 파다한 거 내가 모를 줄 알아? 식당 앞에서는 만날 화장이나 처바르고! 학교 밖에서는 클럽이나 드나들고! 도대체 왜 그러고 사는 거야? 어? 양아치 깜도 못 되면서 어설프게 흉내나 내고 다녀? 창피하지도 않아? 정신 차려! 너 내년이면 고3이야!"

주위로 몰려든 아이들 중에는 유나와 마리아는 물론, 개춘과 민재까지 있었다. 이토록 구경거리가 되었을 때 내 몫을 나눠 갖겠다고 나서주는 사람이 없다는 것이 서글펐다.

"……잘못했습니다."

"방학 시작할 때까지 입고 다녀! 한 번만 더 내 눈앞에서 치마 가지고 수작 부렸다간 알아서 해! 그땐 정말 가만 안 있을 거야! 교실로 들어가! 니들은 무슨 구경거리 났다고 소란이야? 당장 안 사라져?"

학주는 겹겹이 원을 만든 아이들 사이를 밀대로 쑤시며 갈 길을 만들었다. 오가던 선생님들마저 구경하고 있다는 것을 깨달은 후에야 복도 한가운데서 열린 즉흥극이 경망스러운 체벌이라는 것을 감지한 모양이다. 이유 없는 헛기침이 복도 끝으로 멀어져 간다. 마리아와 유나부터 내게 달려왔다.

"괜찮아? 소현아, 울지 말고, 응?"

그제야 내가 울고 있다는 것을 알았다. 지금 내가 우는 것은 학주에게 밀대로 얻어맞은 팔뚝과 엉덩이가 아파서가 아니다. 만일 내가 아닌 다른 모범생이었거나 학주의 기분이 조금만 더 좋았더라면 받지 않았어도 될 체벌이어서도 아니다. 단지, 창피하기 때문이다.

"여기 좀 떠나자……. 쪽팔려 죽겠어……."

나는 마리아와 유나에게 둘러싸여 여자화장실로 직행했다. 아이들이 괜찮으냐며 눈물과 콧물로 짓물러진 내 얼굴을 조금이라도 더 가까이서 구경하기 위해 바짝 다가왔다. 이러고 있으니 꼭 경찰서로 연행되는 범죄자라도 된 기분이다. 스포트라이트를 받으며 시샘 섞인 수군거림을 듣진 못할망정 이게 무슨 꼴인가. 화장실로 들어오자마자 칸막이로 들어가 변기통 뚜껑을 닫고 털썩 주저앉았다. 그 와중에도 이 조그마한 공간에 세 명의 여고생들이 모두 들어올 수 있다는 사실이 신기했다. 마리아와 유나는 칸막이벽에 옴짝달싹하지 못한 채 내 머리를 쓰다듬고 콧물로 끈적끈적해진 손을 잡아주었다.

"맞은 데 아프지 않아? 괜찮아?"

"진짜…… 왜 나한테만 그래……. 치맛단 접어 다니는 애들 얼마나 많은데……."

"졸라 운 나빴던 거지! 학주 교무실에서 김준혁 엄마한테 완전 깨졌대. 김준혁 내일 무슨 중요한 드라마 오디션 있다고 하던데, 학주가 구레나룻 다 밀어버려서 완전 병신 됐잖아. 학주도 진짜 또라이지, 담배 피우다 걸렸는데 구레나룻을 왜 미냐?"

"애들한테 뭐가 진정한 벌인지 아는 거지……. 몇 대 맞는 거랑, 이런 치마 입히게 하거나 구레나룻 미는 거랑 뭐가 더 잔인하냐……."

"어쨌든 걔네 엄마한테 삿대질 받아 가면서 완전, 굴욕 쩔었대. 그러다 너랑 부딪혔으니 홧김에 화풀이한 거지. 욕 봤다, 소현아. 그냥 쿨 하게 잊어버려!"

"아까 애들 모인 거 봤어? 나 앞으로 학교 어떻게 다녀……."

"금방 다 잊어. 나 민재랑 깨졌을 때도 그렇게 떠들고 다니더니, 이젠 한마디도 안 하잖아. 금방 누군가 또 사고 칠 거야. 그때까지만 참아."

유나가 가장 현실적인 격려로 나를 다독였다. 유나의 말이 맞다. 치욕은 그 내용만 다를 뿐, 이 아이 저 아이의 인생에 마음대로 들락날락거린다. 그러나 방금 내 머리 위에 가부좌를 틀고 앉은 치욕이 언제 다른 아이의 머리로 집을 옮길지 모르겠다. 모든 일들은 다 지나가 버린다는 도교에나 나올 법한 위로로 마음을 가라앉히기엔 난 너무 어리고 창피함은 너무 컸다. 안쓰러운 얼굴로 나를 쳐다보던 개춘을 떠올리니 부아가 치밀어 올랐다.

"박개춘 개새끼……."

"걔 진짜 우리가 손봐 줄까? 여자애들 뭉치면 남자애 하나 매장시키는 거 일도 아닌 거 알지? 고개 처들고 학교 못 다니게 해줘?"

"됐어……. 세상에 정의가 있다면 박개춘도 나 못지않은 꼴 당할 거야……."

"그런 게 어디 있냐? 학교에 정의 같은 건 없어. 똑같이 일 저질러도 걸리면 문제아고 도망치면 없던 일로 되는 거

야. 똑같은 짓 하다 걸려도 모범생이면 실수인 거고, 양아
치면 정신병자 되는 거지. 한두 번 보냐?"

"몰라. 그냥 난 지금…… 쪽팔리고 창피해. 교실로 들어
가고 싶지 않아."

"나한테 학주 엿 먹일 좋은 계획이 있는데, 한번 해볼
래?"

평소처럼 유나가 참한 얼굴로 나를 보며 미소 지었다. 나
는 흐느끼던 짓을 멈추고 유나를 올려다보았다.

"복면이 필요한 짓이야?"

마리아가 조심스럽게 유나의 범상치 않을 계획을 떠보았
다. 유나는 얌전하게 고개를 젓고 내 콧구멍에 대롱대롱 매
달린 콧물을 마저 닦아주었다.

"우리한테 UCC가 있다는 거 잊었어?"

"UCC로 뭘 하게? 학주 몰카라도 찍게?"

"재미없게 그런 짓을 왜 해. 소현이 너, 박개춘이 준 곡에
가사 붙였어?"

"아직. 사실은 한 줄도 못 썼어."

"지금 막 떠오른 생각인데, 우리 축제 때 대미를 장식하
기에 딱 알맞은 것 같아."

유나는 의미심장한 미소를 지으며 화장실 바닥에 쪼그려
앉았다.

그렇게 해서, 우리들의 은밀한 계획은 전국 여고생들의 공용 회의실에서 이루어졌다. 화장실 칸막이 안에서.

내겐 '칠겹산'이라는 별명이 하사되었다. 굳이 왜냐고 묻고 싶지도 않다. 친구들은 그날의 악몽을 유쾌한 추억으로 승화시키고자 하는 배려로 가는 곳마다 나를 '칠겹산'이라고 불러댔다. 내 친구들은 나를 볼 때마다 앙드레 김 패션쇼에서 일곱 겹의 옷을 벗는 퍼포먼스가 떠오른다고 했다. 나는 모든 것을 초탈한 얼굴로 월남치마를 본연의 모습 그대로 두르고 다녔다. 체벌을 가한 모든 선생들이 그렇듯, 학주 또한 며칠이 지난 후 내게 웃기지도 않는 자상한 표정을 지으며 그날 일을 너무 마음에 담아두지 말라고 다독였다. 때가 지나면 다 학창시절의 좋은 추억으로 남는다는 고리타분한 훈계로 대미를 장식하며. 어째서 어른들은 그토록 '때가 지나면'이라는 말을 좋아하는 걸까.

어쨌든 복도를 휩쓸었던 나의 칠겹산 전설이 잠잠해질 무렵, 나와 마리아와 유나는 누구도 기대하지 않았고 별 관심도 없었을 계획을 실행에 옮겼다.

우리는 같은 날, 동시에 결석했다. 축제 때 짧게 상영할 동영상을 제작하기 위해서였다. 유나의 얌전한 표현에 의하면, 일명 〈전국의 모든 학주에게 고한다〉라는 이름의 UCC를.

유나가 아버지의 옷장에서 훔쳐온 캠코더는 최신식으로 때깔부터가 다르다. 전형적인 여고생답게 평소에 기계엔 아무 관심 없던 우리는, 설명서를 보며 사용법을 익히느라 한동안 머리를 맞대고 고심했다. 언젠가 전원과 플레이 버튼 두 개로 이루어진 단순한 여성용 전자 기계들이 발명되기를 기원한다.

"인터뷰 리스트는 뽑아왔어?"

"응, 여기."

마리아가 모범생답게 A4용지에 뽑아온 파일첩을 내밀었다. 우리는 캠코더 가방을 어깨에 메고 지하철을 탔다. 지하철 안에 교복 입은 학생은 우리뿐이다. 지하철이 덜커덩 소리를 한 번 내더니 곧 출발했다. 몇 초가 흐르고 창밖으로 서울의 뿌얀 전경이 펼쳐졌다. 늘 봐왔던 비뚤비뚤한 도시가 오늘따라 그림처럼 보이는 이유는, 이것을 볼 수 없는 시각에 이것을 보고 있기 때문일 것이다.

그러니까, 우리의 계획은 이러했다. 서울과 수도권 시내의 고등학교를 돌아다니며 동네별 갖가지 교복 패션을 촬영하고, 치맛단에 집착하는 여고생들의 입장을 대변하는 인터뷰를 따와 하나의 UCC로 제작하는 것이다. 그리고 난 그 내용을 토대로 박개춘의 자작곡의 가사를 쓸 것이다. 이 모든 계획은 약 십 분 만에 완성되었다. 실행 가능성과 상관없이 우리는 최선을 다해 흥분했다. 고등학교 입학 이후 이렇게 은밀한 계획을 초고속으로 진행하기는 처음이다. 게다가 이것은 시작과 끝이 있는 사고였다. 시작은 우리의 집단 결석이며, 끝은 축제 때 대강당에서 상영될 자체 제작 UCC가 될 것이다.

"핸드폰 전원 모두 껐지?"

"오케이."

우리는 전원 꺼진 핸드폰을 각자 치마 주머니에 쑤셔 넣었다. 지금쯤 학주는 약속한 듯 비어 있는 세 자리를 보고 혈압 낮추는 약을 먹고 있으리라.

'학교'라는 곳에 다니기 시작한 후로 처음으로 수업을 빠졌다. 그것은 결코 인생에 큰 오점을 남길 정도로 대단한 일이 아니다. 그런데도 내가 이 사소한 일탈을 실행에 옮기지 못했던 것은, 나란 인간이 입으로만 일탈을 떠들 뿐 실제 일탈이라 불릴 만한 일에 대해서는 놀랄 정도로 관심이 없거나 필요 이상으로 두려워했기 때문이다. 나는 나란 인간의 몸이 일탈을 행하신 위인들의 일화를 전설로 다듬어 후손에 전하는 것으로 끝나리라는 것을 잘 알고 있었다. 처음부터 평범한 구성원으로 태어나는 사람은 없다. 열여덟 해라는 최소한의 학교 생활이 본인의 성격을 짐작케 하고 무의식적으로 그 틀 안에 행동을 끼워 맞추게 할 뿐이다. 한 번도 튀지 않고 무리를 이루는 고만고만한 머릿수로 살아온 내가 유일하게 할 수 있는 소소한 일탈이 결국은 치맛단이었다.

지금부터 내가, 우리가 찾아가는 여학생들 대부분은 아마도 나와 같을 것이다. 어째서 우리들이 겉모습에 그렇게 집착하는지, 몽둥이세례를 받으면서까지 치맛단을 늘릴 수 없는 이유가 무엇인지, 입에서 입으로 전하는 변명과 속풀이를 이 카메라에 담을 것이다.

"어디서 방구 냄새 나는 것 같지 않냐?"

"말하는 거 봐라, 저렴한 것들. 계란이거든?"

"야, 80년대 냄새 나! 무슨 계란이야?"

"여행 기분 낼 땐 계란이 최고야. 아침부터 엄마 몰래 삶아온 건데 먹기 싫으면 먹지 마."

"내놔."

나와 유나는 마리아가 비닐봉지에 싸온 계란과 그의 완벽한 단짝인 콜라를 꾸역꾸역 삼켰다. 평범한 지하철 여행인데도 이렇게 가슴이 설레는 건, 역시 해선 안 될 짓을 저질렀기 때문일까?

"우리 내일 얼마나 맞을까? 학주가 가만 안 두겠지?"

"너무 걱정하지 마. 수업 한 번 빠졌다고 우리가 비행청소년이라도 된대? 학주가 만날 입버릇처럼 얘기하잖아. '때가 지나면 다 좋은 추억이 된다'고. 우리 식으로 보여주지 뭐."

마리아가 입술에 묻은 노른자를 손가락으로 닦으며 씩 웃는다.

서울은 좁고도 거대한 도시다. 수학적이 아닌 문화적인 표현이다. 지도상으로 보면 콩알만 한 수도권에도 무슨 유행이 그리 많은지, 각 동네별 교복들은 비슷하면서도 조금씩 달랐다. 공통점이라면 치맛단은 모두 짧은 길이를 추구한다는 것이다. 교복의 트렌드라는 것은 결국, '그 시대 여학생들의 시선에 귀엽고 예뻐 보이는 스타일'로 정의된다. 트렌드는 다를지 몰라도, 전국의 모든 여고생들은 모두 짧은 치맛단의 중요성에 동의했다. 긴 치마를 입고선 결코 예뻐 보일 수 없다는 것을, 비율 좋아 보일 수 없다는 것을 알기 때문이다.

우리 동네와 고작 세 정거장 거리의 한 여고에서는 우리 언니가 입고 다녔던 A라인 스커트가 아직도 유행하고 있었다. 교복 상의는 꼭 맞게 줄이고 스커트는 약간 길게 입는 스타일로, 역시 가장 청순해 보인다. 헤어스타일에 대한 고찰도 빼놓을 수 없는데, 앞머리를 내린 긴 생머리가 가장 많았다. 앞머리는 여드름을 가려주고 얼굴을 작아 보이게 만드는 여자들의 오랜 친구다. 머리를 묶을 땐 최대한 내추럴하게 묶고 귀 옆으로 애교머리를 빼는 것도 잊지 않는다. 여고생들은 대개 청순한 스타일을 선호했다.

안양의 모 여고는 훨씬 독특하다. 이 동네에서는 아빠 와이셔츠를 빌린 듯 커다란 블라우스에 짧은 치마를 입고 거기에 복숭아 뼈를 덮는 양말을 신고 다닌다. (발목 양말이 등장한 후 절대로 다신 세상 빛을 볼 수 없으리라 생각했던 그것!)

한 번도 가본 적 없던 동네의 모 여고에선 단추조차 잠그지 못할 정도로 바짝 줄인 교복 블라우스를 풀어 헤치고, 그 안에 화려한 티셔츠를 입고 다니는 게 트렌드라고 했다.

교복 리폼은 남고라고 피해가는 것이 아니다. 우리가 몰래 진입했던 모 남고의 바짓단은 '배기팬츠'를 연상시켰다. 위는 넓고 아래로 내려올수록 좁아지는 스타일로 웬만큼

다리가 긴 남학생들이 입어도 쉽게 간지가 나오지 않는 패션이다. 여자애들은 대부분 좋아하지 않는다. 남자애들은 이런 바짓단에 약간 말 구두를 연상시키는 운동화를 신거나, 빅뱅의 등장 이후 모든 십 대들이 한 켤레씩 갖고 있다는, 혀 뺀 운동화를 신고 다녔다. 비비크림을 바르고 다니는 남학생들이 흔하다는 건 별로 특별한 사실도 못 된다. 우리 언니가 했던 말이 기억난다. "남자애들이 점점 계집애화 되어 가고 있어."

우리 언니가 중학교 다닐 때나 유행했던 90년대 스타일의 교복도 아직 존재했다. 모 여고의 학생들은 위아래 모두 터질 듯이 줄인 교복 치마에 스포티한 운동화를 신고 다닌다. 책 한 권도 들어가지 않을 법한 손바닥만 한 가방은, 물론 실용성을 배제한 액세서리다. 이 손바닥만 한 가방은 제대로 메지 않고 팔뚝에 걸쳐 엉덩이까지 내려오게 만드는데, 왜 저렇게 메고 다니는지는 나도 잘 모르겠다. 그들도 모르겠다고 했다. 사실 유행엔 이유 따윈 중요치 않다.

예고를 빼놓을 수 없다. 예고 여자애들은 모두 처녀귀신 코스프레 하듯 길게 풀어 헤친 긴 생머리거나 하나로 완벽하게 틀어 올린 발레리나 머리를 하고 있다. 개성 넘치는 애들이 다니는 학교답게, 엉덩이가 보일 정도로 짧은 주름

치마와 종아리를 덮는 월남치마가 사이좋게 공존한다.

놀랍게도, 교복으로 티셔츠에 반바지를 입는 학교도 발견했다! 학생의 편의를 최우선으로 삼겠다는 취지로 만들어진 이 교복은 심플한 폴로 티셔츠에 무릎까지 오는 남색 반바지로, 교복이라기보다 평범한 사복에 가깝다. 사실 대입에 혼을 불태워야 하는 요즘 고등학생의 본분을 생각한다면, 어른들의 입장에서 이보다 더 바람직한 교복은 없을 듯싶다.

계량 한복 교복을 빼놓을 수 없다. 존재하는 듯 존재하지 않는 듯 사진으로만 봐왔던 계량 한복 교복을 입는 모 예고를 습격했다. 계량 한복 교복은 독특하고 귀여웠다. 겨울에는 두루마기를 입고 다닌다는 말에 약간 실소하긴 했다. 갓은 쓰고 다니지 않는다고 한다.

평범한 블라우스와 스커트일 뿐인데도 교복의 종류는 셀수 없었고 각 학교의 트렌드도 가지각색이었다. 예쁘게 보이고 싶고 멋 내고 싶은 것이 인생의 오 할 이상을 차지하는 수많은 여고생들을 보자, 아침마다 비비크림 없이 등교하지 못하는 또 다른 나를 보는 기분이었다. 우리는 눈에 보이는 교복들은 무조건 촬영했다. 편집과 자막은 마리아의 친구가 속해 있는 방송부 아이들이 깔끔하게 처리해 줄 것이다.

아이들은 냅다 카메라를 들이대는 우리들을 처음에는 경계하다가도 인터뷰에 곧잘 응해 주었다. 내가 여고생이라서 안다. 근처에 조금이라도 재미있어 보이는 무언가가 있으면, 여고생들은 일단 고개부터 들이밀고 본다. 우리는 사건을 일으키거나 겪지 못해서 약간 환장한 족속들이다.

"테이프 다 썼는데?"

"이거 분량이 얼마나 되지?"

"세 시간 넘을걸?"

"미쳤어! 죄다 편집해서 십 분으로 줄여야 돼! 축제 때 무슨 다큐멘터리 틀어줄 일 있냐?"

"찍다 보니까 재밌잖아. 무슨 사회부 기자 된 것 같지 않냐? 편집은 최대한 리드미컬하게 해달라고 하자."

"축제 때 반응 좋으면 여기에 우리 공연한 동영상 이어 붙여서 인터넷에 올리자. 혹시 아냐? 검색어에 엄청 뜨지?"

하루 종일 이어진 촬영과 인터뷰 후, 우린 진 빠진 얼굴로 쉴 곳을 찾았다. 이름 모를 낮은 산등성이에 걸린 해를 보자 아주 먼 곳으로 와버린 것만 같다. 가파르게 경사진 계단을 오른 우리는 적당한 곳에 주저앉았다. 낯선 동네가 한눈에 내려다보인다. 가까운 곳으로 배낭여행을 떠나온 기분이다. 우리는 김빠진 콜라를 나누어 마시고 서로의 어깨 위로 널브러졌다.

"그나저나 여기 어디지?"

우리는 지금 모르는 동네에 와 있다. 마음 내키는 대로 아무 정거장에서나 내리고, 아무 버스나 올라타 학교와 교복이 눈에 띌 때마다 무작정 내린 결과다.

"집에 제대로 찾아갈 수 있겠어?"

"장난해? 우리 길 제대로 찾아갈 수 있는 나이거든?"

마리아가 어이없다는 표정으로 웃으며 캠코더를 카메라 가방에 넣었다. 내 친구의 말이 맞다. 우린 스스로 내비게이션을 작동시킬 수 있는 나이다.

지친 얼굴로 눈을 감고 있는 유나와 마리아를 바라보다가, 가방에서 다이어리를 꺼냈다. 이번 달 일정표에는 핑크색 하트가 추가되어 있다. 방학식이다. 이날을 기점으로, 유난히 사건들이 많았던 이번 학기는 과거의 학창시절이 되어버린다. 나는 내 인생의 첫 남자친구에게 느꼈던 설렘과 실망, 끝내 내 친구들에게 털어놓지 못할 수학여행에서의 비밀스러운 새벽, 복도에서의 공개적인 망신을 떠올렸다. 그리고 다음 학기에 나를 기다리고 있을 나의 학창시절 최고의 축제에 대해서도 상상했다.

'가사 쓰기'라고 적힌 페이지 밑은 여전히 공백이다. 세상에서 가장 즐거운 시기를 보내는 열여덟 여고생의 머릿속. 이젠 적어 내려갈 수 있을 것 같다. 나는 볼펜을 몇 번 딸깍이다 깨알 같은 글씨를 써내려가기 시작했다.

치맛단의 철학

내 첫 가사, 내 첫 창작물의 제목이다.

## 치맛단의 철학

"축제 일정표가 나왔어."

우리는 최종 오디션 합격을 기다리는 지원자들처럼 보이지 않는 손으로 심장을 부여잡았다.

"'글래머러스' 다음 순서야."

"아, 짜증나!"

개춘의 입이 떨어지자마자 마리아가 의자를 박차고 일어섰다. 후배들의 표정도 썩 좋지 못하다.

"그나마 운 좋은 건 '라이드' 전이라는 거야."

"그게 뭐가 운이 좋은 거야? 임혜령 무리 득실거리는 댄스부 공연 끝나고 김준혁 빠순이들이 먹여 살리는 밴드부 공연 시작 전에 시간 때우는 거잖아! 무슨 하프 타임 공연도 아니고! 존심 상하게, 뭐냐?"

"적어도 댄스부 끝나고 애들 다 빠져나갈 걱정은 없잖아. 어차피 공연하는 무대는 같으니까."

개춘이 쾌활한 얼굴로 프로그램 순서의 긍정적인 부분을 애써 설명했다. 저런 때 보면 낙관주의자들은 스트레스성 질병 없이 편히 죽을 것 같아 부럽기도 하다.

"거기다가 우리에겐 비장의 무기가 있잖아. 그치, 소현아?"

개춘이 내게 눈을 찡긋한다. 저 낙천적인 생명체는 몇 달 전 내게 자신의 존재 자체를 거짓말로 치장했던 것을 그새 잊어버린 듯하다.

나는 개춘과 헤어진 후 1학기 초처럼 남자친구란 존재에 목을 매지 않게 되었다. 이미 '남자친구'에 대한 욕구를 한 번 채운 전적 때문일까. 신상 틴트의 발색이나 인터넷 쇼핑몰 원피스의 착용 샷처럼, 나는 내가 몰랐던 것에 대한 호기심으로 남자친구를 원했던 것 같다. 한 번 가져봤고 실제 사용해봤으니 '남자친구 유저 회원 자격'을 얻은 셈이다. 지금으로선 이것으로 충분하다. 불행히도 첫 남자친구에게 약간의 반품 요소가 있었던 탓에 연애에 대한 흥미를 지속시키진 못했다. '남자친구 얼리 어답터'들은 하자 없는 남자친구 상품은 없다며 다른 장르의 남자애들을 끊임없이 권유했다. 그러나 나는 단축번호 0번을 빈칸으로 남겨두고, 새벽까지 순정만화를 보며 나만의 이상형을 구축해 나가는 일상으로 돌아섰다. 아직까진 판타지에 희망을 걸어도 되는 나이라고 믿고 싶다.

어쨌든 2학기가 시작되자마자 내가 열성을 쏟은 것은 새남자친구나 중간고사가 아닌 축제였다. 다들 올해의 축제가 학창시절에 누릴 수 있는 실질적인 마지막 축제라는 것을 잘 알고 있었다. 내년 이맘쯤 우리가 음악실에 모여 축제 프로그램에 분개할 일은 절대로 없을 것이다. 고3 선배들은 전국적으로 실행된 9월 모의고사 후 대다수 이성을 잃어버렸다. 고3들이 대거 분포하는 2층에선 절대로 돌아다니지 않는다. 그곳에선 갑작스럽게 빈 교실로 끌려들어가 먹혀버릴 것만 같은 분위기가 맴돈다.

"소현이 넌 진짜 무대 올라갈 마음 없어? '네 노래'에서 코러스 부분만 같이 해도 되는데."

"난 진짜 괜찮아. 어차피 누군가는 사진도 찍고 다음 MR 잘 돌아가고 있는지 체크도 해야 되잖아. 난 무대 뒤에서 책임질게."

포기를 모르는 나의 유약함은 끝까지 무대에 올라가기를 거부하지만, 이제 부끄럽진 않다. 나란 아이의 성격과 체질에 맞는 내 자리를 찾았기 때문이다. 내가 쓴 가사를 흥얼거리는 부원 아이들을 흐뭇한 눈으로 바라보았다. 내 친구들과 후배들의 입을 통해 나의 생각이, 나만의 철학이 대강 당에 울려 퍼지게 될 것이다. 고등학교 입학 후 예쁘게 보이는 일을 제외하고 이렇게 진심으로 열과 성을 다한 것은 처음이다. 나를 위한 무의식의 위로가 아닌, 정말 어디에 내놓아도 특별하고 눈부신 시간을 갖게 되었다는 사실에 몸이 가볍게 떨려왔다.

"CD는?"

"준비됐어."

나는 다섯 시간의 교내 봉사와 열 대의 몽둥이세례, 열 시간의 엄마 잔소리와 맞바꾼 소중한 UCC가 담긴 CD를 흔들어 보였다. 창작이라는 것이 이런 거구나 싶다. 만들 때는 이보다 더 재미있는 것은 없다며 자기만족에 어쩔 줄 몰라 하지만, 정작 선보이는 순간이 되자 관객들의 반응이 염려스럽다. 공감하지 못하면 어쩌지, 재미없다고 핸드폰 게임을 찾게 되면 어떡하지, 내가 가장 무서워하는 무심하고 냉정한 눈으로 노려보진 않을까…….

고개를 세차게 저었다. 처음부터 비관하며 움츠러드는 나의 습관적인 소심함에 신물이 난다. 나에게 자신감을 주는 가장 친한 친구, 틴트를 주머니에서 꺼내 바르고 입술을 맞비볐다. 유리창 속 생기 넘치는 내 얼굴이 걱정 말고 밀고 나가라며 격려한다.

애초부터 딱히 '글래머러스'의 무대가 별로일 것이라 기대했던 것은 아니다. 역사 깊은 댄스 동아리 '글래머러스'는 매년 가장 예쁜 후배들을 싹쓸이해 가는 명실 공히 퀸카의 전당이다. 긴 생머리와 장신을 보유한 각 학년의 퀸카들은 이날을 기다려 왔다는 듯 노출이 심하고 타이트한 옷으로 전신을 무장하고서 무대에 선다. 전주만으로 환호성을 자아내는 유명 댄스곡들이 울려 퍼지는 순간, 그녀들은 긴 머리를 휘날리며 뇌쇄적인 눈빛을 쏘아댄다. 절대로 십 대의 것이라 볼 수 없는 그 원초적 섹시함. 여자인 나조차 그들의 무대를 보면 은혜 받았다는 생각이 절로 든다.

"너무 심하잖아……."

다음 무대를 준비하느라 무대 옆에서 지켜보고 있던 나와 마리아가 동시에 내뱉은 말이다. 푸시캣 돌즈 메들리로 대미를 장식했던 작년 공연도 숨 막힐 수준이었지만, 브리트니 스피어스 신곡 메들리와 매년 빠지지 않는 비욘세 최신곡을 연달아 선보인 올해 무대는 독기가 넘쳐흐를 정도였다. 전교의 모든 남자들을 신도로 만들지 못하면 자해라도 할 생각일까? 뭐지, 이 악에 받친 절정의 섹시함은!

"학주 봐. 저 변태 새끼."

마리아가 어깨를 툭 친다. 대강당 사이드에 서 있는 선생님 무리 중엔 학주도 끼어 있었다. 영광 받으신 얼굴이다. 열불 내는 마리아와 달리, 난 뜬금없이 학주가 안쓰러워졌다. 학주는 이십 년 전 학창시절 축제 때의 모습과 지금 별반 달라진 게 없을 것이다. 바로 그 앞에 앉은 1학년 후배 남자애와 표정이 똑같은 것으로 보아 확신할 수 있다.

"나, 임혜령이랑 많이 차이 나냐?"

마리아가 걱정스러운 얼굴로 묻는다. 커다란 후드 안으로 이미 무대 의상을 걸친 마리아다. 이효리의 분신과도 같은 임혜령을 보다가 나의 정말 착하고 신실한 친구 마리아를 보니…… 부서 설립 당시 내가 느꼈던 걱정이 분명 지나친 비하는 아니었다.

"우리에겐 우리 스타일이 있잖아. 그만 보고 들어가자. 기운 다 빠지겠다."

무대 뒤로 들어가자마자 나와 마리아는 방금 막 메이크업을 마치고 뒤를 돌아본 유나를 발견했다. 우리는 동시에 비명을 질렀다. 비명 소리는 아이들의 함성 소리에 금세 묻혀 버렸지만, 유나의 독보적인 매력은 수면 위로 떠올라 대기실을 점령해 버렸다. 넋이 나간 얼굴로 유나의 변신을 칭찬하는 남자아이들도 지금은 질투나지 않았다. 나의 친구는, 놀라울 정도로 멋진 디바로 변해 있었다. 과장되게 부풀린 머리는 뒤로 살짝 묶어 모양을 잡아 주었고, 쭉 뻗은 다리 밑으로는 10cm는 족히 될 법한 하이힐을 신었다. 어깨가 훤히 드러나는 탑 점프슈트가 민망했던지 얇은 점퍼를 걸쳤지만, 오히려 그 모습이 훨씬 스포티하고 귀엽게 보였다. 유나는 우리가 평소에 절대로 할 수 없는, 시도조차 하지 못하는 그런 패션을 선보였다. 유나 또한 이런 날이 결코 쉽게 오지 않을 특별한 날이라는 것을 충분히 인지하고 있었다. 뒤로 적당히 물러선 나와 달리, 유나는 머릿속으로만 그려본 자기 자신을 실제로 완성시킨 것이다. 늘 튀지 않고 조신했던 여자아이에게 변신과 모험이 얼마나 두렵고 어려운 일인지 알고 있다. 오늘, 저 무대에서 눈부시게 빛날 나의 친구가 부럽다.

"너무 예쁘다……."

우리 셋은 마치 데뷔 무대를 마치고 내려온 여가수들 마냥 서로를 끌어안았다. 늘 평범한 학교 생활에 만족하며 살아왔으면서도 특별한 날 하루 없던 일상이 서운했던 우리에게, 드디어 잊지 못할 그날의 마이크가 쥐어졌다.

"내 가사, 예쁘게 불러줘."

UCC 첫 화면은 우리 학교 교문에서부터 시작된다. 화면은 내 친구들을 비춘다. 학주의 계엄령에 따라 늘린 치맛단을 입고 짜증스러운 얼굴로 교문을 나선 친구들이 서둘러 근처 상가 화장실로 향한다. 화장실에서 나온 친구들은 하나같이 짧게 줄인 교복 치마를 입고 있다.

메인타이틀이 뜬다.


　전국의 모든 학주에게 고한다


그리고 나와 마리아, 유나가 하루를 반납하고 수도권을 돌아다니며 촬영한 수많은 고등학교 교복들의 스케치가 이어진다. 무릎 위가 훤히 드러나는 짧은 치맛단이 자주 클로즈업 된다.


—예뻐 보이고 싶으니까 줄이는 거죠! 여자애들 보통 키가
　고만고만한데, 무릎길이 치마 입으면 솔직히 완전 짧아
　보이거든요.
—학생답게 입는 게 제일 예쁘다는 말 귀 따갑게 들었는데,
　솔직히 그렇게 말하는 어른들도 학창시절로 돌아가면 학

생답게 안 입고 다닐걸요?

―내 말이! 까놓고 얘기해서 자기들은 학교 다닐 때 안 줄였 나? 지금 어른들도 그때는 예뻐 보이고 싶었을 거 아니에요.

―무엇보다 내가 얘기하고 싶은 건, 제발 시간이 흐른 후 우 리가 알아서 깨달을 수 있도록 내버려 두라는 거예요. 특 히 우리더러 뭐라고 하는 이십 대들, 우리랑 다를 거 없이 아직도 엄마한테 잔소리 듣고 산다는 거 빤히 알거든요?

―맞아요! 그렇게 잔소리 들어도 고쳐지는 거 별로 없잖아 요? 다 나이 먹고 시간 흐른 후에야, 아, 그때 왜 어른들이 그런 식으로 얘기했는지 알겠다, 이렇게 깨닫는 거지. 마 찬가지로 치맛단 줄이는 십 대들더러 뭐라고 하지 좀 마 세요. 우리가 알아서 나중에 깨달을 테니까. 지금 우리한 텐 예뻐 보이고 싶은 마음밖에 없거든요. 이건 세대 상관 없이 모든 여자들의 공통 관심사 아닌가?

컷 전환되고 세탁소 전경 비춘다. 세탁소 한쪽에 산더미 처럼 쌓인 교복들의 치맛단을 박고 있는 세탁소 아저씨 인 터뷰.

―우리야 뭐 손님이 줄여 달라니까 줄여 주는 거지……. 내 가 세탁소만 십 년 넘게 했는데 십 년 전이나 지금이나 똑

같아. 그냥 다 줄여. 아마 앞으로 마찬가질걸. 교복이 없어
지지 않는 이상 예쁘게 줄인 교복 입고 다니는 건 당연한
거야. 그 나이가 어떤 나인데? 예뻐 보이고 싶어서 환장한
나이 아닌가? 여보, 거기 걸려 있는 거 401동 갖다 주고
와! 솔직히 펑퍼짐한 치마 그게 뭐가 예뻐? 내가 세탁소 해
서 하는 말은 절대로 아니야…….

다시 화면 전환. 집에서 바늘과 실, 가위와 다리미로 교
복 줄이는 모습, 빠르게 재생된다. '비포(Before) & 애프터
(After)'로 줄이기 전과 후 교복 입은 여고생, 같은 화면에 보
여진다. 붉은 글씨로 자막 처리. **솔직히 훨씬 예쁘잖아요!**

―치마 가지고 뭐라고 좀 하지 않았으면 좋겠어요! 치마 좀
  줄인다고 우리가 양아치 되나? 비비크림 좀 바른다고 성
  적 떨어지는 거 아니잖아요.
―십 대다운 게 뭔데요? 왜 십 대가 아닌 사람들이 십 대다운
  걸 정의해요?
―어른들한텐 그 어른들이 겪은 학창시절이 있는 거고, 우리
  한텐 우리가 겪는 학창시절이 있는 거죠. 우리보고 발랑
  까졌다느니, 순수함이랑 낭만이 없다느니 하는 얘기 좀
  안 했으면 좋겠어요.

—이십 대도 예뻐 보이고 싶잖아요. 십 대도 마찬가지에요. 나이 가지고 제한선 긋는 거 솔직히 좀 웃겨요.

그리고 이어지는 화면. 검은 바탕에 큼지막한 하얀 글씨로 '**전국의 모든 학생주임 선생님에게 고합니다!**' 타이핑 된다.

—공부 잘하는 애들은 치맛단 짧아도 그냥 넘어가잖아요! 애들 그거 다 알거든요? 성적 가지고 편애 좀 하지 마세요!
—애들 다 있는 데서 귀방맹이 좀 때리지 마세요! 쪽팔려요!
—거울 앞에서 치실로 이 좀 긁지 마세요!
—똑같은 바지 일주일 내내 입고 다니지 마세요! 정 싫으시다면 바지 위로 보이는 팬티라도 제발 바꿔 입으세요! 애들 그거 다 알거든요?
—그래도 학주 쌤, 사랑해요!
—사랑해요, 쌤! 교복 줄이는 것 좀 봐주세요! 저희도 예뻐 보이고 싶어요!
—저희 치마 좀 봐주세요!
—얼마 남지 않은 학창시절, 최대한 예쁜 모습으로 보내고 싶어요! 우리가 원하는 건 그게 다예요! 사랑해요, 선생님들!

카메오로 남학생들 등장한다. 길게 정돈된 구레나룻 매

만지며 애교 있는 목소리로.

—저희 구레나룻도 봐주세요, 학주 쌤!

손으로 하트 그리며 애교 있게 윙크하는 여고생들의 모습, 빠르게 스케치. 모자이크로 분할 처리되며 화면 점점 어두워진다.

까만 화면에 '**치맛단의 철학**' 타이핑. **작곡, 매트 박&김영철, 작사, 김소현.**

십 분 동안 영화관으로 탈바꿈한 대강당은 폭소와 박수의 연속이었다. 기꺼이 우리 UCC에 참가해 준 우리 학교 여자애들을 필두로, 우레와 같은 환호성이 쏟아졌다. 내 이름이 타이핑 된 순간, 나도 모르게 심장 위에 손을 올렸다. 출연진들 중 대부분이 이름도, 학교도 모르는 여자애들이지만 나와 같은 마음으로 이 프로젝트에 참여해 줬다는 생각에 십 년은 알고 지낸 단짝 친구처럼 애정이 느껴졌다. 공들여 준비했던 영상이 끝나고, 박개춘 위로 탑 조명이 쏟아졌다.

"마지막 곡은 저희들의 자작곡인데요."

땀에 흠뻑 젖은 개춘이 숨을 몰아쉬며 마지막 곡을 소개
했다.

"'치맛단의 철학'이라는 곡입니다. 작사는 저희 반 소현
이가 수고해 줬고요."

첫인사부터 마지막 인사까지 궂은일은 개춘이 담당했
다. 누군가 내 전 남자친구에 대해 묻는다면 기사도 정신은
형편없지만 기개만큼은 썩 괜찮은 남자애였다고 말해 줘
야겠다.

처음 개춘이 무대 위에 올라 "Yo! What's up!"으로 운을
뗐을 때만 해도 맨 앞줄의 관객석조차 호응해 주지 않았다.
개춘의 예상대로 수백 개의 객석은 만원이었다. 우리 때문
이 아니다. 우리 다음으로 예정되어 있는 '라이드'의 공연
때문이다. 어느 학교 축제나 그렇듯이, 그 학교 얼짱을 보
기 위해 친히 행차하시는 지역구 소녀 떼가 대강당 입구에
서부터 바글거렸다. 일찌감치 의자를 차지한 아이들은 혹
여나 자리를 빼앗길까 봐 화장실도 무시한 채 엉덩이를 떼
지 않았다. 그 아이들의 냉랭한 반응이란 흡사 우리 오빠들
을 기다리는 팬클럽의 그 자세와도 같았다. 그 무관심함과
귀찮음이라니. 우리 부 남자애들이 첫 곡으로 부른 외국 힙

합 곡이 끝날 때만 해도, 대강당에 울려 퍼지는 소리란 MR과 아이들의 랩뿐이었다.

그러나 마리아와 유나가 등장하면서 분위기는 반전됐다. 어쨌거나 학교 축제란 것은 일단 조금이라도 벗고 나오면 기본적인 호응이 터지기 마련이다. 거기에 귀에 익숙한 대중 힙합 가요들이 울려 퍼지기 시작하면서, 조금씩 따라 부르는 아이들이 생겨났다. 유나의 독특한 보컬이 빛을 발하는 'Rush'가 공연될 때는 여기저기서 플래시가 터지기 시작했다. 마리아가 우리에게도 보여주지 않았던 야릇한 댄스를 선보였을 때에는, 분위기가 최고조에 달했다. '글래머러스'에 비할 바는 아니었지만, 확실히 내가 기대했던 것 이상이었다.

한 시간, 짧으면 짧고 길다면 긴 이 공연의 대미를 장식할 곡은 내가 작사한 곡, '치맛단의 철학'이다. 나를 제외한 모든 부원들이 무대에 올라 곡을 열창한다. 되도록 모두가 아는 유명 곡으로 엔딩을 장식하고 싶었지만, 개춘이 무조건 이 곡을 써야 한다며 우겼다. 우리가 만든 무대의 마지막은 우리가 만든 곡으로 장식해야 한다는 것이 그 애의 강경한 입장이었다. **'우리가 만든.'** 그 말에 집중했다. 개춘의 말이 맞다. 학교에서 진짜로 배우고 싶고 얻고 싶었던 것은 이런 것이다. 내 가능성에 믿음을 가지는 것, 그리고 그 가능성을 입증할 수 있는 기회를 얻는 것. 앞으로 작사를 공부하고 싶다거나 확실한 진로를 결정한 것이 아니다. 단지 대입이나 생계에 관련된 공부와 상관없이, 학생으로서 가치 있게 즐기는 법을 배우고 싶었다.

"저희들의 이야기, 학교에서 일어나는 소소한 일상들을 담고 있는 곡이에요. 누군가는 학교를 감옥이라 표현했지만, 전 절대로 그렇게 생각하지 않거든요. 대한민국의 고등학생을 성적에 목매는 조울증 환자들로 생각하는 사람들이 많고, 또 그것이 사실일 수도 있지만, 그보다는 하루하루 즐겁게 사는 고등학생들이 훨씬 많다고 생각합니다. 저희도 그렇고요."

유나와 마리아 또한 숨을 몰아쉬며 땀에 젖은 머리를 매만졌다. 화장이 번지고 머리가 헝클어진 내 친구들은 정말 예뻤다. 1학년 때 두 친구들을 알게 된 후로 저렇게 자유롭고 즐거워하는 모습은 처음 본다.

"후렴부에서 다 같이 따라 부르셨으면 좋겠어요. 들으면 아실 거예요. 정말 우리 이야기라는 거."

소현아, 개춘이 입모양으로 나를 부른다. 나는 고개를 끄덕이고 MR을 틀었다. 수십 번은 더 들었던 익숙한 반주가 흘러나오면서, 모두가 제자리를 찾았다. 나도 내 자리를 찾았다. 나는 무대 옆에서 팔짱을 낀 채 박자에 맞춰 고개를 끄덕였다. 개춘이 앞으로 나서며 노래가 시작되었다.

첫눈에 반한 그 앤 내 친구를 좋아해
말 한마디 못해 보고 홀로 실연당하지
내가 먼저 고백했으면 어땠을까 아무리 되뇌어 봐도
소용없어 알고 있어 난 용기 없다는 걸
잘나가는 그 앤 짧은 치마를 입어
내게 휘두르는 몽둥이도 걔 앞에선 잠잠해
억울하다 얘기해 볼까 아무리 되뇌어 봐도
소용없어 알고 있어 난 용기 없다는 걸
그래서 난

치맛단을 줄여 바짓단을 줄여
누구보다 멋지게 교복을 줄여
어리면 어때 십 대면 어때
잘 봐 날씬한 내 다리 정말 예쁘잖아

말하지 않아도 알고 있어 세상에서 가장 예쁜 나이란 걸
그냥 우리를 내버려둬 조금 멋 부린다고 해서 길을 잃진
않아

마지막 수학여행 우린 담을 넘지 못해

조촐한 술 한 잔으로 애써 위로하지

미친 척 나가볼까 수백 번 망설여도

소용없어 알고 있어 난 용기 없다는 걸

이름 모를 그 클럽에서 난 즐기지 못해 마치 이방인처럼

애써 어울리며 어색하게 어깨를 흔들지

남들처럼 멋지게 shake body 수백 번 망설여도

소용없어 알고 있어 난 용기 없다는 걸

그래서 난


치맛단을 줄여 바짓단을 줄여

누구보다 멋지게 교복을 줄여

어리면 어때 십 대면 어때

잘 봐 날씬한 내 허리 정말 예쁘잖아


말하지 않아도 알고 있어 세상에서 가장 멋진 나이란 걸

그냥 우리를 내버려둬 조금 멋 부린다고 해서 길을 잃진

않아


치맛단을 줄여 바짓단을 줄여

누구보다 멋지게 교복을 줄여

내가 지은 가사가 대강당에 울려 퍼진다. 후렴구를 따라 부르는 학생들의 환호성과 함께. 반항도, 비행도, 허락되지 못할 일탈도 아니다. 단지 모든 세대가 입 모아 가장 눈부시다고 얘기하는 현재의 학창시절을 즐길 뿐이다.

스포트라이트가 눈부시다. 아이들의 열광에 가슴이 벅차오른다.

무대 위에 서 있진 않지만, 내 머리 위로 분명 황금빛 조명과 박수가 쏟아지고 있었다. 나는 스포트라이트가 꺼질 때까지 무대에서 눈을 떼지 않았다.

이제 나에게도, 학창시절 네 글자와 더불어 이 시절을 대표하는 가장 눈부신 액자가 생겼다.

"조회수 벌써 이십만이야."

"대박이지! 이거 누가 음반 내주겠다고 연락 안 오나?"

컴퓨터실 모퉁이가 북적거린다. 부원들이 모두 모인 가운데 마리아가 동영상 재생 버튼을 눌렀다. 동영상 제공 사이트에 올라간 '치맛단의 철학'이 흘러나오기 시작했다.

우리는 축제 때 '치맛단의 철학' 무대를 캠코더로 찍은 동영상에, '전국의 모든 학주에게 고한다' 영상을 이어 붙인 새로운 UCC를 인터넷에 공개했다. 조회수는 하루가 다르게 늘어났다. 어떤 고마운 능력자가 내 가사를 자막으로 넣어주었다. 덕분에 웹사이트에서 '치맛단의 철학'은 꽤 유명세를 타게 되었다. 한 사람의 손끝에서 탄생한 글자들이 수십만 명의 공감을 얻게 되다니. 내가 살고 있는 세상이지만, 이 놀라운 전파력을 직접 경험하자 얼떨떨하고 신기하기만 하다. 우리는 축제 후 '치맛단의 철학' 싱글 CD를 오십 장 가까이 팔았고, 남은 돈으로 근처 분식집에서 뒤풀이를 했다. 작년에 자몽 주스를 팔았을 때보다 백만 배는 더 값진 돈이다.

"내년 축제 때 앵콜해도 괜찮을 것 같지 않아?"

"내년 축제 때 서자고? 제정신이야? 고3은 축제 참여 못해."

"한 곡쯤이야 상관없지. 그 무대 선다고 수능 망할 일은 없을 걸. Never."

개춘이 마지막 발음을 굴리며 사이트 창을 닫았다. 의자에서 일어서는 녀석과 눈이 마주쳤다. 축제 이후로 우리 관계는 다시 미묘해졌다. 무대에서 내려오자마자 가슴 벅찬 얼굴로 나를 끌어안았던 개춘의 행동 때문이다. 어떤 의미의 포옹이었다고 굳이 정의하고 싶진 않다. 확실히 나는 무대 위에서 개춘이 보여준 대담한 쇼맨십에 반했고, 개춘은 내게 죄를 지은 그 순간부터 만회할 타이밍을 찾고 있었다. 우리는 요즘 저녁마다 문자를 자주 보낸다. 예전처럼 남자 친구의 존재를 절실히 필요로 하진 않지만, 나를 신경 써주는 남자애가 있다는 건 분명 기분 좋은 일이다. 그것은 내가 여자애로서 매력 있다는 증거이기도 했다. 난 여전히 이런 것들에 집착하며 하루하루를 보내고 있다.

어느 때와 다름없이 12시 30분부터 식당 앞에서 줄을 섰다. 꼬리빗으로 머리를 정돈하며 거울 속 내 모습을 꼼꼼히 살피고 있는데, 유나가 내 등을 툭 치며 단정하게 섰다.

"오랑우탄 온다."

서둘러 치맛단을 한 단 풀었다. 마리아는 약간 거만한 자세로 팔짱을 낀 채 학주를 흘낏 보더니, 우리를 돌아보며 의미심장한 미소를 지었다.

"야, 잘 봐."

그러더니 나와는 반대로 치맛단을 한 단 접는다.

"미쳤어, 너?"

"보기나 해."

마리아는 의기양양한 표정으로 휘파람을 불었다. 한쪽 다리까지 줄 바깥쪽으로 쭉 내밀고서. 학주는 얼마 있지 않아 우리 곁을 스쳐 지나갔다. 우리 줄에 서 있던 여자애들 모두 학주의 시선을 간파했다. 학주는 마리아의 짧은 치맛단을 발견한 것이 분명했다. H라인으로 꼼꼼히 박은 데다 길이까지 무릎 위로 훌쩍 올라간 마리아의 치마는 분명 교칙 위반이다. 그러나 학주는 실시간으로 밀대를 휘두르지 않았다. 단지 못마땅한 얼굴로 마리아의 치마를 한 번 노려보고는, 그대로 고개를 돌려 외면했을 뿐이다. 마리아는 2학년 마지막 모의고사에서 전교 1등을 차지했다.

"봤지? 인생이란 이런 거야."

나와 유나는 약간 얄미운 표정으로 마리아를 바라보았다. 우리의 친구는 콧방귀를 뀌며 주머니에서 틴트를 꺼냈다.

"도대체 언제쯤이면 정신 차릴 거야, 어? 축제 때 그렇게 벗어제낀 것으로 부족해? 이게 도대체 몇 센티야?"

우리 셋은 놀란 얼굴로 뒤를 돌아보았다. 절대 권력을 등에 업고 세상 무서운 줄 모르던 그녀가 고개를 숙인 채 난감한 표정을 짓고 있었다. 임혜령이다.

"쟤 이번에 성적 엄청 떨어졌다며?"

누군가 들으라는 식으로 속삭인다. 고소하다는 말투다.

"뭐든 영원한 건 없어. 지키지 못하면 밀려나는 거야."

학주의 잔소리 세례를 받고 있는 임혜령을 보며 조심스럽게 치맛단을 접었다.

거울 속에 비친 내 모습을 바라보았다. 머리는 길게 늘어뜨렸고 얼굴에는 꼼꼼하게 비비크림을 발랐으며 입술은 틴트로 번들거린다. 교복 상의는 타이트하게 줄였고 치마는 여전히 짧은 H라인이다. 치마 주머니에서 꼬리빗이 살짝 튀어나와 있다.

내 눈에는 세상에서 가장 예쁜 모습이다. 나는 만족스러운 얼굴로 생긋 웃었다.

공식적으로 수능이 끝난 11월의 어느 날. 수십만 명의 죄수들이 환호성을 지르며 감옥을 탈출했다. 모두가 출감한 수험생들에게 격려의 손길과 공짜 쿠폰을 남발하고 있을 때, 수십만 명의 새로운 죄수들은 소리 소문 없이 수험생의 감옥으로 걸어 들어갔다. 이처럼 같은 날에 수십만 명은 웃고 수십만 명은 땅이 꺼져라 한숨을 쉬는 공휴일도 없을 것이다. 나는 나이와 학년과 상관없이 공식적으로 고3이 되었고, '단장'과 '화장'이 법적으로 금지된 국가의 시민이 되었다. 물론 나도 인생의 단 한 번뿐인 수험생 시즌을 멋 부리기에 할애할 생각은 추호도 없다. 나도 간판 좋은 대학에 가고 싶은 평범한 수험생이며, 그러기 위해서는 잠시 공부 외의 수만 가지를 포기해야 한다는 것을 인정한다. 나는 다음 수능이 치러질 때까지 꼼짝 않고 공부만 할 생각이다.

그러기 위해서는 '준비'가 필요하다. 여자에게 '준비'란, 곧 '소비'다.

"네가 그 문제집을 올 겨울 방학 안에 다 풀면 용돈을 50% 인상해 줄게."

엄마는 손실 있는 투자는 절대로 하지 않는다. 산더미처럼 쌓인 미끈한 문제집 개수가 내가 봐도 좀 많긴 하다. 공부를 열심히 하기 위해서는 반짝반짝 윤이 나는 새 문제집이 필요하다. 쓰던 문제집으로는 영 '시작하는 맛'이 안 난다. 나는 근처 대형 서점에서 겉표지가 예쁜 문제집들을 과목별로 싹 쓸어왔다. 요즘 같은 경쟁 시대에 문제야 알아서 엇비슷하게 잘 만들어 놓았을 테니 알맹이는 걱정 없다. 한 번 접지도 않은 매끈한 문제집들을 보고 있자니, 놀랍게도 공부에 의욕이 생긴다. 나는 수험공부마저 쇼핑으로 시작하는 인간이다. 물론 문제집 쇼핑만으로 끝내진 않았다. 새 볼펜, 노트, 그리고 여러 벌의 예쁜 잠바와 후드도 필요했다.

"이게 다 웬 옷이야?"

"고3 되면 살찌잖아. 고3은 원래 아래만 교복 입고 위에는 벙벙한 후드나 티셔츠 입고 다녀. 그게 룰이야."

"룰 같은 소리 하고 있네. 집에 말짱히 있는 옷들 놔두고 왜 질러, 지르긴!"

"아, 새빽 아니면 시작하는 맛이 안 난단 말이야!"

나는 지하철역에서 구입한 예쁜 색깔들의 후드 티를 차례대로 옷걸이에 걸었다. 진정한 공부를 시작하기 위해서는 책상도 청소해야 하고, 연필꽂이에 색색의 볼펜도 채워 넣어야 한다. 뭐든지 예쁘게 정리된 곳에서 시작하지 않으면 괜히 기분이 찝찝하고 열심히 하기 싫어지는 이 마인드, 여자애들의 신종 병일까?

"고3 된 거 축하한다. 앞으로 언니 화장품 건들면 맞을 줄 알아."

언니가 의미심장한 미소를 한 번 짓고 내 방문을 닫았다. 언니는 지난달 말 드디어 취직했다. 언니가 원서를 낸 서른 곳의 회사 중 가장 가고 싶지 않았지만, 그곳이라도 붙기만 한다면 만성 소화불량과 불면증만큼은 해결되리라 생각했던 곳이라고 한다. 언니는 이제 새벽 일곱 시에 일어나 요란하게 머리를 드라이하고 여덟 시에 집을 나선다. 백수였던 언니는 어딘가 늘 음침해 보였지만 그래도 열여덟 살짜리 동생을 이해하고자 하는 노력이 아름다웠던 상냥한 사람이었다. 그러나 직장인이 된 언니는 엄마와 마찬가지로 좋은 대학의 중요성을 진절머리 나게 설교하며 하루하루 인생을 낭비하지 말라는 둥 재미없는 소리만 하고 앉았다.

가끔은 나를 화장대 앞에 앉히고 스모키 메이크업을 해주던 그 언니가 그립다. 사람은 아무래도 좀 초라하고 비참한 상황에 놓여야지만 타인에게 상냥해지고 이해심을 찾게 되는 법인가 보다.

"어, 엄마. 이 사진 뭐야?"

행주를 빨러 화장실에 들어가기 전 서랍장 위에 새로 이사 온 낯선 액자를 발견했다. 액자 속에는 이 시대의 사진이라 믿어지지 않는 빛바랜 사진 한 장이 끼워져 있었다.

"엄마 사진이야."

"이게 엄마라고?"

"엄마 여고생 때 사진 한 장 끼워봤어. 엄마를 봐. 얼마나 예쁘니. 정말 십 대는 인생에서 가장 눈부신 시절이야. 고3도 마찬가지고. 그러니 낭비하지 말고 제대로 써."

엄마는 내 곁으로 다가와 흐뭇한 얼굴로 액자를 어루만졌다. 엄마에게 이런 말 하긴 좀 미안하지만, 공포 영화에 삽입되는 여고생 사진 같다. 무표정한 얼굴로 일렬로 앉은 스무 명 남짓의 여고생들은 하나같이 양 갈래로 땋은 머리를 하고 있었다. 드라마에서 70년대의 상징 교복으로 등장하는 하얀 칼라에 남색 플레어스커트를 입은 엄마를 보자 왠지 신기했다. 엄마의 치마는 아주 길었고 그 밑으로 두 번 접어 신은 양말과 까만 단화가 신겨져 있다. 엄마는 아주 촌스럽고, 또 아주 예뻤다.

"얼마나 고상해 보이니. 엄만 정말 모범생이었어."

"말이면 나도 하지."

"진짜야. 엄만 그렇게 얌전한 모범생으로 보낸 학창시절 후회하는 거 하나 없다. 너도 이제 딴 생각하지 말고 수능에만 집중해. 일 년이 인생을 좌우할 수도 있는 거야. 학생답게 사는 게 가장 아름다운 거 알지?"

평소처럼 엄마의 말을 귓등으로 흘려들으며 엄마의 여고 시절을 잠시 감상했다. 얼굴만 손가락으로 가리면 누가 누군지 전혀 알아볼 수 없는 대단한 단합이다. 지금이야 비슷한 유행 때문에 비슷한 헤어스타일이 나온다지만, 이 양 갈래 머리도 유행이었을까? 엄마가 청춘을 보내던 시절에도 여고생들이 따라 하고 싶었던 유행이 있었을 것이라 생각하자 어쩐지 기분이 이상해졌다.

"어라……."

사진을 관찰하던 중, 엄마에게서 남들과 다른 무언가를 발견했다. 무언가가 다르다 했더니, 엄마의 앞머리는 다른 여고생들과 달리 옆으로 넘겨 핀으로 고정되어 있었다. 흐릿해져서 잘 보이진 않지만 두 개의 빨간색 실핀이 엑스 자를 그리고 있다. 나는 결정적 단서를 찾아내려는 탐정처럼 실눈을 뜨고 사진을 관찰했다. 그런 특이한 앞머리를 한 것은 엄마뿐이었다.

"너무 예쁘지?"

부엌에서 설거지를 하던 엄마가 나를 돌아보며 씩 웃는다. 어딘가 의미심장한 미소다. 나는 이 사진을 찍기 전 거울 앞에서 앞머리를 곱게 넘겨 핀으로 고정시키는 엄마를 상상했다. 낯설지 않은 모습이다. 그 시절 엄마의 마음을 완벽하게 이해하며, 소싯적 풋풋함이 남아 있는 엄마의 눈을 마주쳤다.

"응, 예뻐."

우리의 시간에선, 때론 그것이 전부다.